[新概念阅读书坊]

U0670101

# 男孩最爱读的智慧故事全集

NANHAI ZUI AI DU DE ZHIHUI GUSHI QUANJI

主编◎崔钟雷

吉林美术出版社

图书在版编目（CIP）数据

男孩最爱读的智慧故事全集 / 崔钟雷主编 . —长春：
吉林美术出版社，2011.1（2023.6 重印）
（新概念阅读书坊）
ISBN 978-7-5386-5031-0

Ⅰ . ①男… Ⅱ . ①崔… Ⅲ . ①故事 – 作品集 – 世界
Ⅳ . ① I14

中国版本图书馆 CIP 数据核字（2010）第 255502 号

# 男孩最爱读的智慧故事全集

NANHAI ZUI AI DU DE ZHIHUI GUSHI QUANJI

出 版 人　华　鹏
策　　划　钟　雷
主　　编　崔钟雷
副 主 编　刘　超　那兰兰
责任编辑　栾　云
开　　本　700mm×1000mm　1/16
印　　张　10
字　　数　120 千字
版　　次　2011 年 1 月第 1 版
印　　次　2023 年 6 月第 4 次印刷
出版发行　吉林美术出版社
地　　址　长春市净月开发区福祉大路 5788 号
　　　　　邮编：130118
网　　址　www.jlmspress.com
印　　刷　北京一鑫印务有限责任公司
书　　号　ISBN 978-7-5386-5031-0
定　　价　39.80 元

# 前言
## *Foreword*

　　阅读是一段开启心智的历程，阅读是一种与书籍对话的方式，阅读是一盏点亮灵魂的明灯！人们常说"开卷有益"，只要认真去阅读，用心去体会，就会从书籍中获取丰富的知识，获得源源不绝的力量！

　　为了开阔您的阅读视野，我们精心编纂了本套"新概念阅读书坊"系列丛书。阅读是一种自我充实的过程，读什么和怎样读都显得颇为重要，而我们的意旨在于为您提供一种全新阅读方式的可能！

　　本套丛书内容涵盖面广，设计新颖独到，优美的文章，精致的图片以及全新的阅读理念，必将呈现给您一场独特的阅读盛宴，愿您在享受这段新奇的阅读历程时，也会将之视为开启您阅读之门的钥匙，走进阅读的美好世界……

# 目录

第二章　收藏昨天

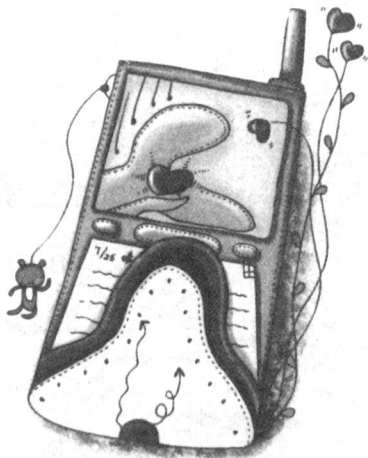

# 第一章

# 淡泊宁静乐常有

俗话说，知足者常乐。知足的人，是快乐的；知足的人，不会怨天尤人，不会自暴自弃，不会自寻烦恼，不会大喜大悲。因为他明白，以一颗平常心对待世界，那份淡泊，那份清静，那份安宁，是很珍贵的。

# 淡泊宁静乐常有

阿　润

这是一则被人反复引用的故事：

有一位富翁在电视上播出一则广告，任何人只要证明自己对生命真正满足了，就可以得到100万元的奖金。

广告播出的第二天，前来应答的人络绎不绝。有的人理由是有个美满的家庭，有的人理由是有份称心的工作，也有的人说自己获得了理想学府的学位，林林总总，各有各的说法。

尽管如此，却始终没有人能拿到那笔奖金。因为没有人能满意地回答出富翁的反问："既然你已经满足了，为什么还想要那100万元呢？"

富翁的反问问得非常好，让人深思。

世界上本没有十全十美的事物，但有人偏偏要去追求。有的人嫌自己的相貌不够英俊、俏丽，便不惜一切去整容；有的人嫌自己的帽子不

够高，位子不够显赫，便不择手段一心向上爬；有的人嫌自己的财富不够丰厚，便想方设法制假贩假……这些过分的追求到头来也是枉然，最终害苦了自己。

金无足赤，人无完人。生活中也会存在这样那样的不足。但是否值得我们刻意地去填充它呢？

俗话说，知足者常乐。知足的人，是快乐的；知足的人，不会怨天尤人，不会自暴自弃，不会自寻烦恼，不会大喜大悲。因为他明白，以一颗平常心对待世界，那份淡泊，那份清静，那份安宁，是很珍贵的。这样的人生，看似平凡，其实很丰盈、很精彩。

## 心得便利贴

知足者常乐，这是一种生活的境界。它不是让人们甘于平庸、不思进取，而是让人们懂得适可而止，才会收获内心的宁静与淡泊。现实世界中有多少人在不停地追名逐利，欲壑难平，结果身心俱损，回头已晚。牢记这句箴言，我们定会获益匪浅。

# 泥泞留痕

菊 上

鉴真大师在剃度一年多以后，寺里的住持还是让他做行脚僧，每天风里来雨里去，辛辛苦苦地外出化缘。要知道，这几乎是寺里人都不愿意干的最苦最累的差事。

有一天，日已三竿了，鉴真依旧大睡不起。住持很奇怪，推开鉴真的房门，见鉴真依旧不醒，床边堆了一大堆破破烂烂的鞋。住持叫醒鉴真问："你今天不外出化缘，堆这么一堆破鞋子干什么？"

鉴真懒洋洋地打了个哈欠，愤愤不平地说："别人一年连一双鞋子都穿不坏，我刚剃度一年多，就穿烂了这么多鞋子。"

住持一听就明白了他的弦外之音，微微一笑说："昨天夜里下了一场大雨，你随我到寺前的路上看看吧。"

寺前的路是一块黄土坡地，由于刚下过一场透雨，路面泥泞不堪。住持拍着鉴真的肩膀问："你是愿意做个天天撞钟混日子的和尚，还是愿意做个能光大佛法的名僧？""我当然想做个名僧了。"

住持捋着胡须接着说："你

昨天是否在这条路上走过？"

鉴真回答："当然。"住持接着又问："你能找到自己的脚印吗？"

住持没有再说话，迈步走进了泥泞里。走了十几步后，住持停下了脚步说："今天我在这路上走一趟，你是否能找到我的脚印了呢？"

鉴真答道："那当然能了。"

住持听后拍拍鉴真的肩膀说："泥泞的路上才能留下脚印，世上芸芸众生莫不如此啊！那些一生不经历风风雨雨、碌碌无为的人，就像一双脚踩在又干又硬的路上，什么足迹也没有留下。"

鉴真顿时恍然大悟：泥泞留痕。

## 心得便利贴

泥泞的路方能留住脚印，不经历风雨怎能见彩虹，相信你我都不会愿意让自己的努力如雪泥鸿爪，转瞬即逝。那么，迈开大步，勇往直前吧，在人生的大路深深地烙下坚实的痕迹，证明我们曾经来过。

# 目光投向目标

胡桂英

在广袤的大草原上，鸦是食肉类动物中的弱势群体。它们既不能像鹰隼那样自己捕捉到小动物，更无法和凶猛的虎狼豹相提并论。它们的食物来源只能是一些荒原上腐败的动物尸体，那些其他的食肉类动物吃剩下的残骸便是它们的美餐。尽管如此，鸦也不得不付出艰辛的劳动。

它们常常紧跟在羊群后面，衔走羊刚拉的粪便，再飞到高处四处寻找狼的行踪，一旦发现了狼，它们就把羊粪一粒粒地"空投"下去。狼闻到新鲜羊粪味，就跟着羊粪走，很快就发现了羊群，并迅速地猎到了一头小羊羔，慢慢享用。而此时，鸦只能在一旁看着，等到狼美美地饱餐之后，剩下的碎肉和骨屑才是鸦的大餐。

聪明的鸦利用羊粪为狼引路，帮助狼猎到了羊，自己也吃到了羊肉。它教会我们一个道理：帮助别人就等于帮助自己。尽管鸦得到的只是一些狼吃剩的残渣而已，但如果不是这样，鸦就连残渣也吃不上，甚至会饿死。摆在鸦面前的现实就是这样残酷，鸦的选择无疑是正确的。只有各尽所能、相互协作、共同努力，才是适应大自然生存发展的最好法则。

## 心得便利贴

文中的乌鸦虽然不是强者，但是它们却能找准自己的定位，与狼合作捕食。由此可见，在竞争日趋激烈的今天，弱势个体想要生存发展，最好的办法莫过于与强者联手，分工合作，以达到共赢互利的目的。

# 看见世界的时候

闫 岩

他生下来就是个盲人，父母开始还抱着能治好的希望，把他留了下来。可是当他们听医生说，治好他这双眼睛起码要花 5 万元钱而且还没有把握时，父母彻底绝望了。他们是农民，5 万元钱可不是说着玩的。后来，他们又生了个健康的儿子，于是他被丢在了一个陌生城市的火车站。

那时他才 6 岁，又是冬天，母亲把最厚的棉衣穿在他身上，他还是感到冷。他开始哭，"哇哇哇"地大哭，惊动了许多人。他听到身边有好多人在说话，他听不懂他们在说什么，就一个劲地喊："我要妈妈！我要妈妈！"但是妈妈没来，爸爸也没来。

他知道爸爸妈妈嫌他是一个盲人，不要他了。后来，有一双粗糙的大手拉起他冰凉的小手，一直拉着他走到了一个温暖的地方。这个人说："这是我的家，以后也是你的家。"这个人让他喊叔叔，他喊了，然后就换来了许多好吃的东西。

后来，叔叔一点儿一点儿地让他熟悉这个家，告诉他床在哪儿，柜子在哪儿，吃的东西在哪儿。

叔叔常常出去，他就在家里待着。叔叔怕他寂寞，给他买来许多玩具，有能跑的汽车，有能响的冲锋枪。他看不见，却愿意听这些玩具的声音，他觉得那是世界上最美妙的东西。

他慢慢长大了，在叔叔的细心照顾下，除了眼睛看不见，其他部位都很健康。他曾经问叔叔，自己长得怎么样。叔叔说他长得很好看，就像电视里的小帅哥。他没见过电视，当然不知道电视是什么样子，更不知道里面的小帅哥到底有多帅。他脱口说道："我要是能看到该多好啊！"叔叔听了，用那双粗糙的大手抚摸着他的脸，怜爱地说："你不是听医生说过，5万元钱就可以治好你的眼睛吗？我现在正在挣钱，不管能不能治好你的眼睛，我一定要试试。"当时他躺在叔叔怀里哭了，泪水从他那看不见光明的眼里流出来，热辣辣的。叔叔用他那双粗糙的大手给他擦泪，尽管有点痛，可他却觉得非常幸福。

终于有一天，叔叔兴奋地告诉他，攒够5万元钱了！叔叔激动地拉着他的手来到医院。后来他被推进了手术室。7天后，当医生准备给他拆眼睛上的绷带时，叔叔突然止住了医生，对他说："孩子，如果你看到的世界和你想象中的世界不一样，或者你还是什么也看不见，你会失望吗？"他说他不会失望，叔叔说："那我就放心了。"

医生拆绷带时，他紧紧攥着叔叔那双粗糙的大手，心里紧张极了。

医生一层又一层小心地拆着，他的心一下比一下跳得猛。当医生终于把最后一层绷带拆掉时，他真的看到了！他首先看到了许多人，这些人脸上都挂着泪滴。他一侧头，不禁惊呆了，他面前竟坐着一位眼睛深深凹下去的盲人！他顺着盲人的胳膊一直往下看，他看见，自己正紧紧地攥着盲人那双粗糙的大手……

## 💡 心得便利贴

看见世界的时候，窗外阳光灿烂；看见世界的时候，温暖充满心间。一位盲人用他粗糙但温暖的大手给了一个孩子家的温馨、亲人的关爱，甚至给了他光明的未来。有了爱，无星的夜幕依然闪亮；有了爱，有雪的冬日依然温暖。

# 罗丹塑雨果像

郑锡平

　　那是 1880 年初夏的一天，罗丹从巴黎格纳内尔大街夏庞蒂埃夫人那豪华的沙龙里回到自己在塞夫勒的工作室以后，心里一直郁郁不乐。他没有想到在这次聚会中，他当众受到了法国著名浪漫主义诗人、作家维克多·雨果的奚落。

　　当雨果的好朋友马拉美，把初出茅庐的罗丹介绍给已经是 80 岁的德高望重的雨果时，罗丹立即被雨果那充满激情的脸庞、深深凹陷的眼睛、丰厚的微笑着的嘴唇以及那布满着皱纹的面容迷住了。他极想为雨果塑像，这种欲望简直难以抑制。想了好久，他终于按捺不住自己的创作冲动，冒昧地向雨果提出了这个请求。"对不起，我不愿意让你那双并不灵巧的手把我现在的这副老态龙钟的形象塑下来，去留给后人。"雨果十分冷淡地说。"雨果的行为简直像一条狂妄的狗！"罗丹在心里狠狠地骂道。他发誓这一辈子决不再和雨果打任何交道。

　　一年过去了。这一年，罗丹的雕塑技巧更加纯熟了。然而，雨果的好朋友马拉美又来找他了。他这一次是受德鲁埃女士——一位50年如一日地默默地爱着已有妻室的大作家雨果、而如今已经被癌症折磨得奄奄一息的妇人的委托，请求罗丹帮她偷偷地雕塑一尊雨果的头像。

罗丹没有做声，但他的内心已经被德鲁埃女士那种纯洁的爱情和她那50年未能如愿的悲剧性的牺牲而感染了。是的，德鲁埃女士那满头的白发和哀怨的目光、老态龙钟的神态和已经丧失殆尽的芳容都在告诉罗丹，爱的悲剧才是人生的最大悲剧。望着她那一往情深的目光，罗丹默默地点了点头。德鲁埃女士的痴情，已经使他推翻了一年前在夏庞蒂埃夫人的沙龙里当众受到雨果奚落时所立的誓言了。

罗丹遵约每天都按时来到德鲁埃女士卧室右侧的一个壁龛里。他把工作间就设在壁龛里，在这里他可以很清楚地观察到雨果的种种神态而不被雨果发现。这是罗丹搞雕塑创作以来所从事的最难创作的头像，因为他只能用铜版雕刻去画出雨果头像的草图，而不能用手去触摸他的雕塑对象。德鲁埃女士让雨果为她讲述当天的新闻，她还请雨果喂她吃药并陪她进餐，从而使藏在壁龛里的罗丹尽可能地从多侧面去了解雨果超乎寻常的神态、感情和毅力。终于，罗丹经过了一个月的努力，用胶泥塑成了两个粗糙的雨果头像。但是这一个月的时间里德鲁埃女士的身体迅速地垮下来了。为此，罗丹建议她休息一段时间以后再工作，她挣扎着说道："时间已经不多了，我多么希望这两个泥像中的一个能开始陪伴我呀……""……只要10天就够了……"罗丹尽可能地安慰着德鲁埃女士。

由于激动，他的语音也有些颤抖了。

"10天……啊，谢谢你！先生，我能坚持到那一天的……"德鲁埃女士困乏无力地笑着，没过多少时间就晕过去了。

德鲁埃女士终于没有等到铜像完成的那一天。在临终的时候，罗丹在壁龛里最后一次看到了在手忙脚乱的医生后边站着的、充满着悲伤和凄苦的雨果那默默无言的神态。他的心灵又一次颤抖了，他完全地被雨果——这位反对第二帝国的精神领袖的那种伟大和崇高的感情所折服了。往日的恩怨顿时一笔勾销，一种强烈的创作欲望和为了纪念德鲁埃女士崇高的爱情而必须抓紧努力的创作冲动，又一次地激荡着已经42岁的罗丹的心。他夜以继日地工作着。最后，在德鲁埃女士谢世不久，罗丹在他自己的创作室作了最后的努力之后，这尊雨果的头像终于如愿以偿地完成了。

这是德鲁埃女士终生追求和崇拜的偶像，这也是罗丹心目中的雨果——含蓄、威壮、执着，充满着一种男子汉的勇敢和豁达的精神，显示出一种永远不甘落后，一种对人类崇高的品格坚信不渝，一种热爱生命、渴望生活、充满着青春的爱情精神。这种精神在一个人身上也许很少能见到，但是在整个人类的身上都始终存在着。雨果的这种精神完全渗入了罗丹的这尊雕像，以至于后人把这尊头像当成了雨果的精神与信仰的崇高的象征和继续。

## ♥ 心得便利贴

这个世界上最宽广的是海洋，而比海洋还要宽广的是人的胸怀。罗丹原谅了曾经伤害过他的雨果，使雨果的头像成了雨果精神信仰的崇高的象征与继续，而罗丹自身也在这次创作中得到了心灵与艺术上的双重升华。

# 原 则

王晓洁

　　我曾经是一个漫不经心的人，对生活的态度是"不必太认真，凡事过得去就行"，无论对人还是对己。我一直把它看成优点，认为可以免生许多闲气。但那短短几分钟的经历，竟改变了我的这个看法。

　　那是 1993 年的除夕之夜，我在德国的明斯特参加留学生的春节晚会。晚会结束时，整个城市已经在熟睡了，在这种时候，谁不想早点儿到家呢？我和先生走得飞快，只差跑起来了。

　　刚走到路口，红绿灯就变了。迎向我们的行人灯转成了"止步"：灯里那个小小的人影从绿色的、甩手迈步的形象变成了红色的、双臂悬垂的立正形象。

　　如果在别的时候，我们肯定停下来等绿灯。可这会儿是深夜了，马路上没有一辆车，即使有车驶来，500 米外就能看见。我们没有犹豫，走向马路……

　　"站住！"身后飘过来一个苍老的声音，打破了沉寂的黑暗。我的心悚然一惊，原来是一对老夫妻。

　　我们转过身，歉然地望着那对老人。

　　老先生说："现在是红灯，不能走，要等绿灯亮了才能走。"

　　我的脸忽地烧了起来。我嗫嗫地道："对不起，我们看现在没车……"

　　老先生说："交通规则就是原则，不是看有没有车。在任何情况下，都必须遵守原则。"

从那一刻起，我再没有闯过红灯，我也一直记着老先生的话："在任何情况下，都必须遵守原则。"

在以原则为纲的社会里，你看见处处是方便之门；而在一个不大重视原则的社会里，生活却是一件相当累人的事。

💡❤ **心得便利贴** ------------------------

正所谓"没有规矩，不成方圆"，一个人不遵守规章制度，就会给其他人带来不便和困扰。有时候认真不仅仅代表一种生活态度，更关系到整个社会乃至整个国家的秩序，坚持原则才是应有的生活态度。

# 密电的价值

张 湃

二战期间，英国情报部门运用他们掌握的情报密码，通过无线电监听，截获到一份重要的情报：德国空军即将轰炸英格兰中部一个叫考文垂的城市。卡恩少校片刻不敢耽搁，立即向上级部门作了汇报。

没想到政府部门没有采取任何措施。数小时后，大批德国轰炸机如期而至，向考文垂倾泻了几万枚炸弹，这座历史文化名城顷刻间就被淹没在火海之中，卡恩少校的父母和未婚妻都在这场狂轰滥炸中丧生。

接到噩耗，卡恩少校无比震惊，他不相信情报在传递过程中会出现差错，一定是最高统帅部忽视了情报的价值。当得到此事不能外传的命令时，卡恩少校悲愤到了极点。

后来盟军组织诺曼底登陆，出发前丘吉尔特地召见卡恩少校，"听说你对我很有意见？"卡恩少校十分惊讶，丘吉尔拍着少校的肩膀说："没有考文垂的牺牲，就不能迷惑敌人，也不可能因此截获更多的情报，也就不会有如今反击的一天。现在，是为那些在轰炸中丧生的人们报仇的时候了！"

用局部的牺牲去换取全局的胜利，这个浅显的道理说起来容易，做起来却非常难。

## 心得便利贴

在生命的历程中，懂得如何取舍才是制胜的关键。所以，我们应让智慧在生命中闪光，分清所做之事孰轻孰重，这样才不会因犹豫不决而错过时机，或因舍本逐末而枉自叹息。

# 煤气的创意故事

张永旭

人类在两千多年前就已发现了蕴藏在地下的煤，但是，在相当长的历史时期内，人类一直采用直接燃烧的办法来得到热量，就像烧木柴那样。这么做不仅没有充分利用煤的价值，而且对周围的环境造成了严重的污染。

今天，在日常生活和生产中，人们已经普遍使用煤气作为能源。把煤变成煤气，给人类带来了诸多的方便。

与此同时，人类也将永远记住煤气的发现者——英国化学家威廉·梅尔道克。

梅尔道克从小就很好动，常常挖空心思要做些别人没有做过的事情，尤其是那些让大人们吃惊的把戏。

有一天，小梅尔道克在山坡上挖到一些页岩。当地人都知道，这种石头可以用火点着。然而，小梅尔道克突发奇想，把这块石头带回了家。之后，他找来一个水壶，把页岩放进壶里，然后给水壶加热。

"把它加热后，会变成什么呢？还能点着吗？"

小梅尔道克边想边认真观察水壶里的变化。

过了一会儿，水壶嘴开始向外冒出气体。小梅尔道克打开了壶盖，然后划了一根火柴，想看看页岩还能不能点着。没想到燃烧的火柴刚一伸到水壶上面，火焰就猛地往上蹿了起来，气体燃烧了，这突然蹿起的火焰差点烧着小梅尔道克，但是他却开心极了——又有一种新玩法了。

长大后，梅尔道克走上了化学研究的道路。

1792 年的一天，梅尔道克在研究煤矿物质时，想起了童年时代玩煤的游戏。他想："能使火焰突然蹿高，说明气体燃烧了。这种气体也许有利用价值。"

于是，他邀请了几位朋友来到家里，神秘兮兮地对他们说："今天请大家来看我变个戏法。"

只见他把一块重约 15 磅的煤放进水壶里，并在壶嘴上接起一根长长的铁管，铁管另一端引到客厅。然后，他拎着水壶进了厨房，点火给水壶加热。

客人们端坐在客厅里，瞧着梅尔道克奇怪的举动，打趣地说："梅尔道克，是不是要变些美味佳肴招待我们?"

"不过，我们可吃不惯用煤做的食品。"

大伙哄地大笑起来。梅尔道克也被逗乐了，可他却不慌不忙地说："别急，一会儿你们就知道了。"

过了一会儿，他弯腰从地上拿起铁管，把手放在管口片刻，笑着说："好戏就要开场了!"

只见他拿出火柴，划着一根放在铁管口。客人们只听"扑"的一声，客厅里充满了光明——铁管口居然跳动着蓝色的火焰!"天哪! 这是怎么回事儿? 太美了!"客人们惊讶地赞叹道，"难道这就是煤加热的结果?"

"不错。我把煤加热后，使

它变成气体——我们姑且称之为'煤气'吧，它是一种可燃的气体。只要铁管中还有这种气体，火焰就不会熄灭。"

就这样，梅尔道克第一次把煤气投入实际应用中。

把煤转化成煤气，再作为能源加以利用，是人类用煤方式上的重大进步，它给人们带来了极大的便利，而这伟大发明的灵感却来源于少年时的一次把煤变成"煤气"的戏法。别忽视你年少时的突发奇想，甚至是一次儿时的游戏，因为它很可能会成就一项伟大的发明。

## 心得便利贴

　　每一项发明创造，都是人类奇思妙想的结果。智慧有时就如闪电，在头脑中擦亮火花。因此，别忽视你灵光一闪的奇想，让它在头脑中生根，也许它就是下一项世界闻名的伟大发明。

# 低姿态

徐 静

在秦始皇陵兵马俑博物馆，看到了那尊被称为"镇馆之宝"的跪射俑。导游介绍说，跪射俑被称为兵马俑中的精华，是中国古代雕塑艺术的杰作。

我仔细观察这尊跪射俑，它身穿交领右衽齐膝长衣，外披黑色铠甲，胫着护腿，足穿方口齐头翘尖履，头绾圆形发髻。左腿蹲曲，右膝跪地，右足竖起，足尖抵地。上身微左侧，双目炯炯，凝视左前方。两手在身体右侧一上一下作持弓弩状。据介绍，跪射的姿态古称之为坐姿。坐姿和立姿是弓弩射击的两种基本动作。坐姿射击时重心稳，用力

省，便于瞄准，同时目标小，是防守或设伏时比较理想的一种射击姿势。秦兵马俑坑至今已经出土清理各种陶俑一千多尊，除跪射俑外，皆有不同程度的损坏，需要人工修复。而这尊跪射俑是保存最完整的，是唯一一尊未经人工修复的。仔细观察，就连衣纹、发丝都还清晰可见。

跪射俑何以能保存得如此完整？导游说，这得益于它的低姿态。首先，跪射俑身高只有 1.2 米，而普通立姿兵马俑的身高都在 1.8 米 ~ 1.97 米之间。天塌下来有高个子顶着，兵马俑坑都是地下坑道式土木结构建筑，当棚顶塌陷、土木俱下时，高大的立姿俑首当其冲，坐姿的跪射俑受损害就小一些。其次，跪射俑作蹲跪姿，右膝、右足、左足三个支点呈等腰三角形支撑着上体，重心在下。增强了稳定性，与两足站立的立姿俑相比，不容易倾倒、破碎。因此，在经历了 2000 年的岁月风霜后，它依然能完整地呈现在我们面前。

由跪射俑想到处世之道。初涉世的年轻人，往往个性张扬，率意而为，不会委曲求全，结果可能是处处碰壁。而涉世渐深后，就知道轻重，分清主次，学会了内敛，少出风头，不争闲气，专心做事，像跪射俑一样，保持生命的低姿态，避开无谓的纷争，避开意外的伤害，更好地保全自己，发展自己，成就自己。

老子说，当坚硬的牙齿脱落时，柔软的舌头还在。柔软胜过坚硬，无为胜过有为。学会在适当的时候，保持适当的低姿态，绝不是倒退和畏缩，而是一种聪明的处世之道，是人生的大智慧，大境界。

## 心得便利贴

低姿态不是卑躬屈膝，不是自轻自贱，而是一种高山仰止的心态，一种谦和礼让的品性，它让世间无谓的纷争烟消云散，让人不再过雾里看花的生活，真正认识自我，明白自己的需求和价值，从而有明确的方向去努力。

# 补鞋匠与燕子

包利民

18世纪，在瑞士巴塞尔生活着一个贫穷的鞋匠。他孤身一人，每天出去补鞋，每晚回来躺在木棚里，他感到生活没有一丝希望。

就在那个春天的早晨，一只燕子飞到他的木棚檐下，开始筑巢。这让他惊喜不已，同时他的心里也涌起了希望——燕子都来了，一切都会好起来的。从那以后，他更加卖力地干活，而檐下的那只燕子也成了他最大的安慰，每天他都要和燕子说上一阵话。秋天来了，燕子飞走了。冬天，他独自对着檐下那个小小的巢，心里一直想着那只燕子，不知它在哪里过冬。当时人们都深信亚里士多德的结论：家燕在沼泽地带的冰下过冬。他想，在冰下那么冷的地方，燕子冻坏了怎么办？

第二年春天，燕子又飞来了，这让鞋匠的心里激动不已。他含着泪水对燕子说："欢迎你回来，我的老朋友！"当秋天又来临的时候，他把小木棚收拾得暖暖的，想留住这个朋友，因为这里总比冰下暖和啊！可是，燕子还是飞走了，留下了一个空空的巢。他的心悬了起来，不停

地问着："我的朋友啊，你到底在哪里？"

冬天终于过去了，小燕子又来了，鞋匠的心放下了。可当燕子又要飞走的时候，他决心弄明白它到底会去哪里过冬。于是他在燕子的腿上绑了一个小布条，上面写着："燕子，你是那样忠诚，请告诉我，你在何处过冬？"燕子带着字条，也带着鞋匠的心愿飞走了。

又一个春天终于在渴盼中到来了。燕子如约地回到了鞋匠家，在它的腿上，鞋匠发现了一个新字条："它在雅典，在安托万家过冬，它很好。"这意外的发现令鞋匠欣喜不已，原来燕子飞到了那么远的地方，而且住在一个同样热爱它的家里。困扰了科学家许多年的难题被一个鞋匠找到了答案。

## 心得便利贴

一个几千年来连科学家都无法解答的问题，居然被一个鞋匠解答了。这是对爱心的回报，虽然是无意的，但里面浓浓的爱意却无法抹去。

# 生命的时钟

周海亮

朋友的父亲病危，朋友从国外给我打来电话，让我帮他。

我知道他的意思。即使以最快的速度，他也只能在4个小时后赶回来，而他的父亲，已经不可能再挺过4个小时，赶到医院时，见到朋友的父亲浑身插满了管子，正急促地呼吸着。床前，围满了悲伤的亲人。

那时朋友的父亲狂躁不安，双眼紧闭着，双手胡乱地抓。我听到他含糊不清地叫着朋友的名字。

每个人都在看我，目光中充满着无奈的期待。我走过去，轻轻抓起他的手，我说："是我，我回来了。"

朋友的父亲立刻安静下来，面部表情也变得安详。但仅仅过了一会儿，他又一次变得狂躁。他松开我的手，继续胡乱地抓。

我知道，我骗不了他。没有人比他更了解自己的儿子。

于是我告诉他，他的儿子现在还在国外，但4个小时后，肯定可以赶回来。我对朋友的父亲说："我保证。"

我看到他的亲人们惊恐的目光。

但朋友的父亲却又一次安静下来，然后他的头努力向一

个方向歪着，一只手急切地举起。

我注意到，那个方向的墙上，挂了一个时钟。

我对朋友的父亲说，现在是 1 点 10 分。5 点 10 分时，你的儿子将会赶来。

朋友的父亲放下他的手，我看到他长舒了一口气，尽管他双眼紧闭，但我仿佛可以感觉到他期待的目光。

每隔 10 分钟，我就会抓着他的手，跟他报一下时间。4 个小时被每一个 10 分钟整齐地分割，有时候我感到他即将离去，但却总被一个个的 10 分钟换回。

朋友终于赶到了医院，他抓着父亲的手，他说："是我，我回来了。"

我看到从朋友的父亲紧闭的双眼里流出两滴满足的眼泪，然后，静静地离去。

朋友的父亲，为了等待他的儿子，为了听听他的儿子的声音，挺过了他生命中最后的也是最漫长的 4 个小时。每一名医生都说，不可思议。

后来，我想，假如他的儿子在 5 小时后才能赶回来，那么，他能否继续再挺过一个小时？

我想，会的。生命的最后一刻，亲情让他不忍离去。

悠悠亲情，每一个世人的生命时钟。

## 心得便利贴

亲情如丝，千丝万缕，理不清头绪，但却把父母与孩子的心紧紧系在一起，让爱在彼此间传递。亲情是人一生中最宝贵的财富，它让我们充满希望地去面对人生、面对生活，即使在生命的最后一刻，亲情也让人们留恋与不舍。所以，请珍惜生命，珍爱亲情！

# 石匠与泥水匠

颜如玉

在一个偏远的小镇，住着石匠与泥水匠，石匠与泥水匠经常在一起工作，成为非常要好的知己。

有一天，两个人一起到有钱人家去做工，泥水匠在粉刷房屋时，不小心落下一些白石灰，沾在鼻头上，极为细小，像苍蝇的翅膀。

石匠在旁边看见了，笑着说："你的鼻头上有一个白点，让我帮你抹去。"

泥水匠站着不动，石匠自然地挥起斧头，斧起灰落，鼻上的石灰已被斧头砍去，泥水匠毫发无伤。

在一旁的有钱人看了大为惊奇，便到处宣讲石匠的神技。这个消息

一传十，十传百，最后传到国王的耳朵里，国王感到非常好奇，马上召见那位石匠。

国王对石匠说："听说你能挥动斧头砍下别人鼻头上的细石灰，你能为我表演一次吗？"

石匠连忙跪下，说："大王，我不能为你表演。"

国王说："为什么呢？难道传言是假的，或者言过其实？"

石匠说："大王，过去这对我是轻而易举的，现在已经不行了，因为泥水匠已经死了，天下再找不到那样信任我的人了。"

## 心得便利贴

透过这则运斤成风的典故，我们不禁为石匠的技艺所折服，但更让我们钦佩的是泥水匠对朋友的信任之心，正是这种信任让他无畏无惧。试想，如果人人都能做到彼此深信不疑，人间与天堂又有何分别呢？

# 假 币

顾文显

　　人有时一犹豫就会错过良机，辰这样想。此时老教授正在滔滔不绝地和新生们沟通感情，辰就没办法把 2000 元钱交上，而早上乘乱交这笔钱再好不过，可那时辰就是犹豫了一下所以错过了，辰为此如坐针毡。

　　终于熬到了下课，辰盯住被围在一群叽叽喳喳的女同学中的老教授，好歹待女生们散尽，他才跨前一步，把钱递上。这时，辰脑子嗡的一声，一片空白，他感到一种灭顶之灾的降临，还好还好，老教授点了点，装在了上衣兜里。

　　辰这一夜没合眼，那钱是单独交的，万一老教授发现了呢？为了进京到这家文学院深造，他卖光了全部药材，没想到该死的药贩子在交款时夹了三张假币！他曾想到市场上买点东西零碎花出去，可小贩们不收这假钱。他已没有更多的钱了，逼急了才出此下策，但他又怕被识破。同学们个个是贵公子，就他一个穷孩子，如果假币的事被抖搂出来，他如何混得下去？

　　辰决定次日主动坦白，就说不小心夹带了，求老教授容他宽限些日子借来补上，这样总比被当众揭穿好。

　　辰拿定主意，次日就恭敬地等候在老教授上班必经的路上，见到他说："老师，我昨天交的钱……"教授的脸立刻板起来：

"别提你那钱。"

辰魂飞魄散，却听老教授说："早不交晚不交，偏我揣了你的钱，在市场上走，被小偷割了兜。"

啊呀，谢天谢地！辰一边赔礼，一边想：这贼其实是帮了我的忙呢！

兴奋之后，辰又陷入了苦恼。毕竟老教授损失了那么多钱，并且直接怪他学费交得迟！想到教授总穿一件皱巴巴衣服的寒酸样，他心里就凉了。辰想，好好努力吧，非出人头地不可，有朝一日我加倍报答这位善良无辜的老人。

辰勤学苦练，不断写出好文章，连《人民文学》这样的刊物也有他的一席之地，老教授时常当众夸赞。每当这时，辰就暗自道：等着，老师。

学习期满，辰交了大运，脱掉农田鞋，直接成了市文联干部，这当然要得力于《人民文学》。又一年，他又成为省作协聘任的专业作家。辰一步登天，阔步文坛，名声大得吓人，令许多杂志派编辑上门来泡他的议价稿，辰从此再也不愁没钱。

辰依然惦记着那可怜的老教授，该彻底了结这块心病了。他为老教授准备了1万元现金，专程来京。

老教授高兴："学生出了大名，不忘师恩，这就好。"坚持设家宴

款待高徒。酒前，辰鼓足全部气力，向教授认错："老师，我交给您那2000元学费中，混着三张该死的假币……"他眼圈红了，并哽咽起来。

老教授哈哈大笑："三张假币，你还没忘哪？在，我留着呢，如今集什么的都有，我集几张假币玩玩有何不可。"说着，从一本影集内拿出那几张玩意儿。

"老师，那你说让贼偷了……"辰目瞪口呆。

"假话。兴你假币就不兴我假话？"

"为什么？你当时完全可以揭穿我。"老教授的脸色立刻无比严肃起来："揭穿容易，但我更知道一个山里来的孩子有多艰难，那样做对他产生的后果不堪设想，为区区300元钱，扼杀一个人才，吾不屑为之也。"

"老师！"辰扑通一声跪了下来，泪流满面，"我不回去了，我还要跟您学几年，您一定要收留我！"

### 💡 心得便利贴 ----------------------

三张假币，完成了学子求学的心愿。有时理解与包容就是对生命的搀扶，就能伴随你走过风雨。当你见到人生的彩虹，你就会发现爱的伟大与无私。这样的老师，当得起"为人师表"四个字。

# "天价"促销术

王晓红

听朋友说，某粥店一碗粥竟然卖到118元，当时我第一个反应是什么样的粥竟卖出如此天价，这么贵的粥谁能喝得起？

去了之后，我发现这家粥店的生意竟异常红火，顾客络绎不绝。原来，这家粥店除了卖118元一碗的天价粥外，还有好多价格普通、味道鲜美的粥和各种小吃。而大多数顾客点的都是那些普通的粥和小吃。"那为什么还要打出118元一碗的牌子，这不是自砸生意吗？"我满腹疑惑地问那位看上去非常精明的年轻老板。可老板竟笑着反问我："那你是为了什么来的呢？""好奇，我要看看到底什么粥能值118块钱一碗。"我不假思索地回答。老板意味深长地对我说："这就是你问题的答案，那些顾客都是怀着跟你一样的心理来的，其实这正是我需要的。"

老板告诉我：其实粥店刚开业的时候，生意并不是很好。尽管环境幽雅，粥也是味美价廉，可是这样的粥店在我们小城有好几家，所以无法吸引顾客上门。面对激烈的市场竞争，那段日子老板整日愁眉不展，茶饭不思。后来，他突然想起每年中秋节有些食品公司总会借机推出几款"天价月饼"。之所以说是天价，是因为月饼的价格确实高得惊人。到最后那些天价月饼卖出去没卖出去我们不得而知，可是那家食品公司却因此被大家记住了，他们生产的食品也在市场上非常畅销。

突然，他灵光一闪：何不也推出一款天价粥来吸引顾客？于是，他专门高薪请来了一位名厨来熬制这款天价粥，又在本地的报纸、电视台等媒体做了大量的宣传，出于好奇，很多顾客慕名而来。由于粥用料独特，都是些名贵的中药材和一些成本很高的营养滋补品熬制而成的，所以即使卖118元一碗也赚不了很多钱，但是却因此带动了店里其他的生意。是"天价粥"吸引来了顾客，但真正留住顾客的却是那些味美价廉的普通粥和小吃。如今市场竞争日趋激烈，消费者对各种打折、优惠、大甩卖等常规促销越来越麻木，相反，适当用一下"天价"促销反而能取得意想不到的效果。

## 心得便利贴

不走寻常路，其实是走了一条最好的路。精明的老板懂得利用时机在激烈的市场竞争中脱颖而出，这无形中告诉我们，要想在逆境中反败为胜，走前人走过的路是行不通的，有时需要我们转个弯，转过之后就是风光无限、鸟语花香。

# 父亲与儿子

木 弓

父亲和母亲常年住在乡下，我多次催他们二老来城里转转，住上一段日子，可他们谁也不愿意来，说，城里有什么好转的，不就是汽车多点，人多点，消费高点嘛！现在咱们家可好了，汽车、摩托车也是一撅屁股一溜烟儿。父亲虽然这么说，我还是知道他是怕花钱，还怕给我添麻烦。

最近，单位不怎么忙，我打电话让他们过来，可能是父亲怕辜负儿子的一片孝心，最终还是答应会来。我去火车站接他们的时候，才知道母亲没来。父亲跟我说，他们俩在家商量一个人去就行，看看儿子在那边过得怎么样，回来汇报一下。谁去呢？他们采用抓阄的方式，母亲让父亲先抓，结果父亲抓了一个"去"。父亲笑着说，他怀疑母亲做了手脚，这么多年了，他比谁都了解母亲——爱耍小聪明。

我陪父亲去商场，想给他买件衣服。父亲以前老说，儿子是父母的脸，儿子穿好了，父母脸上也有光。父亲看着衣服的标签，死活不干，最后说，听说羽绒服特保暖，给你妈买一件吧，她生你的时候落下个病根儿，一到冬天就腰疼。

到了晚上，父亲给母亲

打电话，说儿子给你买了一件衣服。老妈急了，嗔怪道，老头子，你也跟儿子瞎起哄。完了之后，母亲让我听电话："谁让你给我买衣服了，我守着炉子挺暖和，又冻不着，还是给你爸买点儿那叫什么茶来着，说能洗肺，你爸睡觉时老咳嗽。"

我要挂电话时，父亲好像又想起了什么，对母亲说："老婆子，别忘了把窗户开点缝，别中了煤气。"

父亲待了没几天，就嚷嚷着要回去，说城里住着不习惯，最近老家有台大戏，你妈爱看，我想跟她一块儿看，省得回到家再让她给我讲戏。我开玩笑说："你老实交代，是不是想我妈了？""想啥，老夫老妻的，就是有点惦记！"父亲说时还有点不想承认。

等送走了父亲，回到家，我忽然发现书桌上放着一叠钱，下面还压了一封信：

儿子：

　　看着你在外面过得挺好，我就放心了，家里你也不用惦记，我们老两口吃得好着呢！这 1000 元钱，是我和你妈的心意，没别的意思，你也别往心里去。好好工作，注意身体！

　　　　　　　　　　　　　　　　　　　　　　　　　　父亲

**心得**便利贴 --------------------

　　生活中，身边的亲情无时无刻不在包围着我们，像涓涓的细流滋润着我们的心田；像一盏灯，时时照亮我们的生活，使我们的生命变得更加完整、丰富。

# 方丈的智慧

郭玉芝

　　方丈下山讲授佛法。在一家店铺里看到一尊释迦牟尼像，青铜所铸，形体逼真，神态安然，方丈大悦，若能将其带回寺里，开启其佛光，永世供奉，真是一件幸事。可店铺老板见方丈如此钟爱这尊佛像就咬定 5000 元价格不放。

　　方丈回到寺里对众僧谈起此事，并说一定要买下这尊释迦牟尼佛像。众僧问方丈打算以多少钱买下它。方丈说："500 元足矣。"众僧都不相信，那怎么可能呢？方丈说："天理犹存，当有办法，万丈红尘，芸芸众生，欲壑难填，则得不偿失啊，我佛慈悲，普渡众生，当让他仅仅赚到这 500 元。"

　　"怎样普渡他呢？"众僧不解地问。

　　"让他忏悔。"方丈笑答道。众僧更不解了。方丈说："你们只管按吩咐去做就行了。"

　　方丈让弟子们乔装打扮了一下。

　　第一个弟子下山去店铺买那尊佛像，和老板砍价时咬定 4500 元价格不放，未果回山。

　　第二天，第二个弟子下山去买那尊佛像，和老板砍价咬定 4000

元不放，亦未果回山。

就这样，直到最后一个弟子在第九天下山时，所给的价已经低到了200元，还是未果。

眼见那些买主一天天离去，价格一个比一个出得低，老板很是着急，每一天他都后悔：不如以前一天的价格卖给前一个人算了。他深深地责怨自己太贪财了。到第十天时，他在心里说，今天若再有人来买这尊佛像，无论出多少钱我都卖给他。

第十天，方丈亲自下山，说要出500元买下这尊佛像，老板高兴得不得了，价格竟然又反弹到了500元！当即出手。高兴之余又另赠方丈兖台一副。方丈得到了那尊铜像，谢绝了兖台，单掌作揖笑曰："欲壑无边，凡事有度，一切适可而止啊！善哉，善哉……"

## 心得便利贴

芸芸众生，欲壑无边，归根结底是一个"贪"字在作祟。正所谓"人心不足蛇吞象"，凡事都应适可而止，时刻明白水满则溢的道理，如此才能不为外物所左右，才能拥有一颗不因尘世蒙尘的心，身心才能自在。

# 肖 像

王 悦

让·巴蒂斯特·伊萨贝是法国杰出的画家，他的肖像画细致入微，构图近乎完美。伊萨贝的代表作《拿破仑在马尔宫》，至今仍是人物画的范本。

1815 年，伊萨贝应邀前往维也纳，为在那里集会的欧洲各国使节画一幅集体肖像。当时法国的外交官塔列朗是被画者之一。他私下找到画家，要求伊萨贝把自己安排在肖像画的中央。"一定要在正中间最醒目的位置上，否则就不要画我。"塔列朗是这次集会里举足轻重的人物，伊萨贝只好答应他。

第二天，惠灵顿公爵也找上门来，他对画家说："您要把我安排在画中最重要、最醒目的位置上，如果您不答应，我就退出群像画。"惠灵顿公爵是集会的核心人物，伊萨贝不敢怠慢，赶紧保证一定照办。

这件事被周围的人知道了，大家都说伊萨贝昏了头，胡乱许诺，这下两个人中至少要得罪一个人。

画家本人倒毫不紧张，总是笑着说他自有安排。因为伊萨贝是给每个

成员单独画像，然后再组合成群像。所以直到交工这天，人们都不知道他葫芦里卖的什么药。一时间，肖像画成了维也纳人讨论和猜测的中心。

完工这天，画室里来了很多人，有被画的人，有单纯来凑热闹的，也有等着看伊萨贝下不了台的。人到齐了，画家走到肖像画前，自信地揭下搭在画上的白布。人们的目光同时聚焦在画上，房间里一片寂静，只有钟表嘀嗒作响。突然塔列朗和惠灵顿公爵同时哈哈大笑起来。大家这才缓过神来，掌声和赞叹声不绝于耳。

原来在这幅画中，外交官塔列朗坐在会议大厅正中央的一把椅子上，其他人站在他周围，而惠灵顿公爵正昂首阔步地走进大厅，画像中所有人的目光都转向公爵，脸上露出钦慕的神情。

## 心得便利贴

换个视角，你所看到的将大不相同。文中聪明的画家转变了视角，履行了承诺，得到了大家的赞赏，而生活中的我们何不学会用这样的视角去绘制人生的图画呢？那一定是一幅充满创意与奇迹的人生画卷。

# 敬礼的小男孩

不　靓

　　我所住的军队大院在这个城市的闹市里。静谧的大院与外面的喧闹虽只隔门相望，却好像是两个世界。戒备森严的门岗，让过往的人露出好奇的目光。

　　大门50米拐弯处有一条小巷，是我每天必经的地方。巷口有一个修鞋铺，一对年轻的聋哑夫妇带着一个瘦瘦的四五岁的孩子，守着修鞋摊。孩子很伶俐，有人来修鞋时，他静静坐在小凳子上"翻译"父母的话；没有生意时，夫妇两个就会抬起黝黑的脸，眯着眼，看一身尘土的孩子在阳光里奔跑。

　　有一天，我去修鞋子。小男孩低着头帮助父母找胶水时，我跟旁边卖水果的摊主聊起了天。得知我住在大院里时，小男孩立刻抬起头，两眼发亮，很兴奋地问："阿姨，大院里面是不是有很多解放军叔叔呀？"我说："当然了。"小男孩一下子跳起来，挺直小胸脯，"啪"地敬了个很不标准的礼，那认真的样子惹得我们都哈哈大笑起来。小男孩的母亲抬头爱怜地看了孩子一眼，抬起手指咿咿呀呀地跟我比画着。小男孩坐下来，对我翻译道："我妈妈说，有一年发大水，她困在水里，是解放军叔叔救了她，我们都很感谢解放军……"他突然转过头，歪着脑袋问我："阿姨，我长大了想当解放军。你看我行吗？"我摸摸他的大脑袋，随口说："行啊。"小男孩身子立刻弹起来，他跳跃着，说："我行的，我行的。阿姨说我行的！"他摇晃着母亲的胳膊，母亲却抬手擦了擦眼睛。我开玩笑说："那你要先练好敬礼才行啊。"小男孩重重地点头。

刚好那时单位搬迁了，很长时间我都没有从小巷经过。入秋后的一天，风很大，我匆匆忙忙去小巷准备买点青菜。经过鞋摊的时候忽然发现只有那对夫妇，平时一直奔跑在旁的小男孩不见了。我不由停下了脚步，问起了小男孩。他母亲流泪了，慌忙找来一张纸，歪歪扭扭写道："孩子病了，癌。"我的心沉了下去，孩子的母亲满含热泪的眼中露出祈望，继续写着："他每天练敬礼，求求你，带他去大院看一下好吗？"我点点头。

跟着男孩的父母在小巷穿梭了半天，终于在一间简陋的房子里看到了躺在床上的小男孩。他一见我，就兴奋地大叫："阿姨，你看我现在敬礼标不标准？"他的声音很嘶哑，脸色很黄，他站起来敬礼，可瘦弱的胳膊却很无力。

我带着穿戴一新的小男孩到大院门口，简单地跟门岗解释了一下。

进门的那一瞬，门口的战士"啪"地对着小男孩敬了一个军礼。仿佛从面前经过的不是一个瘦小病弱的孩子，而是一个高大威武的将军。小男孩的眼睛闪烁着激动的光芒，蜡黄的脸上现出兴奋的红晕，瘦弱的胸膛挺得笔直。他松开我的手，用力给门岗的战士敬了一个军礼。笑容弥散开来，我的泪水却一点一点落下来……

那一天，小男孩在大院里一看见穿军装的人，就跑过去认真地敬礼。他们摸着他的头说："谁家的孩子这么有趣？"一整天，他都很兴奋。最后，他终于伏在我的怀里睡着了。我摸着他圆圆的大脑袋，心里氤氲起一片温暖的悲伤。我悄悄塞了些钱在他的衣服里，除此之外，我还能做什么呢？悲伤如水漫开，疼痛随之涌来。

一个月后的一天，小男孩的母亲一脸悲哀地"告诉"我，孩子走了。尽管是意料中，我的心还是重重地一沉。

树叶漫天飞舞，好像蝴蝶翩跹在风中。静谧的大院依旧与外面的喧闹隔门相望，过往的人群仍然报以好奇和崇敬的目光。温煦的阳光里似乎还留有那个瘦小的身影，他敬礼时庄严的目光，让我今生难忘。

## 心得便利贴

一个如此瘦小病弱的孩子，为了表达对救他母亲的解放军的感激之情，不断努力地练习敬礼。敬一个小小的军礼虽然看起来只是一件小事，但其背后却藏着一颗赤诚的心。

# 董事长就做三件事

冯 仑

就我日常工作来说，我大概管三件事，我认为这三件事跟今天讲的话题一样，都非常重要。第一，看别人看不到的地方；第二，算别人算不清的账；第三，做别人不做的事。我认为董事长就做这三件事。

看别人看不见的地方是什么呢？是未来，是生活经验以外的地方，是中国以外的地方。看人以外的事，看未来的事，看生活经验以外的事。这个工作非常辛苦，要看清这些事情就要不断地体验，要通过科学知识包括哲学来研究掌握这些东西。

比如，在未来我们怎么处理人生有限的经验和企业无限的增长之间的关系，这里有很多问题。另外，还有价值观的取舍。比如，我算那些算不清的账。在公司，算得清的账我几乎都不参与，因为职业经理们都比我算得好。一本书多少钱，这属于算不清的账。我要算这书放在架子上多少钱，放在桌子上多少钱，放在男人的头顶多少钱，放在一个古墓里再埋一万年，它成了文物值多少钱。你可以把 5 元的书用胶水弄得非常硬，防身用，还可以把它送进监狱给有理想的囚犯读 20 年。这本书放在不同的地方价值会大不一样。所以算别人算不清的账是一种生活态度，一种价值判断。这种账非常难算。

中国人讲滴水之恩当涌泉相报，问题是多年前的"滴水之恩"，如今"涌泉"该是多大？如果你赚了 1 亿，你给他 1000 万，他认为你忘恩负义，大家价值判断差别非常大。所以当一个朋友遭遇不幸，你将会怎么面对他怎么帮助他就成了学问。怎么办呢？这就牵扯到钱对生活价值的判断。后来我就想了一个办法，就照着我爹的标准给。我给我爹多少我就给他多少，直到养老送终。为什么呢？在中国文化中你不能比我爹还重要吧，也就是把你当爹来养就到头了。爹是什么成本呢？一套房子，一个月几千块生活费，有一个保姆，生病就给他看病，走不动的时候有个车，这就是爹的标准。因为我们的爹是苦出来的爹，不是荣华富贵的爹，所以在中国这就叫合适。

再说做别人不做的事。我们的总经理从来不参加读书会这种活动，因为这是与大家分享人生经验，而这些工作，项目经理他们也是不做的，他们做的是按照季度、年度把报表做好，不能造假，还要对客户投诉认真反馈。我做什么呢？我做宣传，做沟通，帮助公司能够跟未来、跟周边有一个很好的文化的沟通。除了钱以外，人和人有相当多的沟通方式，而经理们做的事情主要是用钱跟外界沟通，而我做的事情大部分是不需要钱的，所以我非常高兴大家一起来进行沟通，来讲一下对生活中哲学的看法。

胡雪岩有一副对联，上联是"为人要存厚"，就是人生要保存你的厚道，下联是"人生要自在"，就是你要尽兴。实际上，每个商人对世界的看法都很独特。我也想清楚一件事情，一般的人和成功的人的差别在于：成功的人有对世界独特的看法，这就是哲学观念，这些东西使得他们与普通人的思维有所不同，促使他们处理任何一件小事情，细节都跟大家不一样，这样积少成多，就成功了。成功是由价值观堆起来的。而普通人用普通的价值观应付生活，差别就出来了。

### 心得便利贴

生活对每个人都是公平的。应付生活的人只能是碌碌无为，而用高远的眼光看世界、用独特的价值观感受人生，才能感受到生活中真正的乐趣，才能真正地去享受生活，迈向成功的明天。

# 一块碎镜片

[美] 罗伯特·富尔格姆　汪新华　编译

还有什么问题吗？

这是亚历山大·帕帕德罗教授在他每次希腊文化课结束之前都要问的一个问题。然而，在希腊克里特岛这所为增进人类的相互理解而设立的学院里，前来听课的人往往把它当作要下课的信号而一笑置之，似乎从未有人认真对待过他的这句问话。我当时虽然满脑子是各种各样的困惑，但只限于自己独立的思索，并没有胆量在那种公开场合发问。不过，在那年冬天最后一堂课上，我终于鼓起勇气提了一个埋在心底许久的问题："帕帕德罗先生，人生的意义是什么？"

话音刚落，教室里就爆发出笑声，大家都起身准备离去。帕帕德罗先生举起一只手，示意大家安静，然后久久地盯着我，"我可以回答你这个问题。"说着，他从裤兜里掏出一个皮夹，从皮夹里拿出一面硬币大小的小圆镜，然后说道："我小时候住在偏远的乡村，当时正在打仗，家里很穷。一天，我在路上看到一面破碎的镜子，那是一辆德国摩托车失事后留下的。

"起初，我想把所有的镜子碎片都找到，打算把它们拼成一面完整的镜子，但最终没能办到，结果我只保留了其中最大的一块镜片。我用石块将它磨成圆形，把它当玩具来玩。我惊讶地发现，我能用它把阳光反射到太阳照不到的地方，比如洞穴、石头裂缝还有昏暗的地下室等等。发现这个秘密后，我饶有兴致地到处去找那些阳光照不到的角落，然后把光线反射到那里，这几乎成了我童年唯一爱玩的游戏。

"这面小圆镜伴随着我成长。我一有空就拿出来，对这个游戏乐此不疲。长大以后，小圆镜的魔力渐渐消失了，但我仍然把它当作宝物随身携带，因为它对我有了另外一种含义。

"要知道，我年轻的时候，对一些人生基本问题感到困惑，比如自己从何处来到这个世界，为什么会来到这个世界。我曾深深地苦恼过，因为我无法找到这些问题的答案。只是在后来想到孩提时玩的那个游戏时，我才突然若有所悟。从这面小圆镜上，我逐渐意识到：这不仅仅是一个孩童玩的游戏，它还可以被看作自己与人生如何周旋的一个隐喻。其实，我们每个人都是那许许多多碎镜片中的一块。我们不知道这面镜子当初是谁制造的，一如我们对自己来自何方感到茫然。然而，这并不妨碍我们把光明投身到那些黑暗的所在，给他人心灵的幽暗角落送去一束光。我们人类自身不是光或发光之源，但是光明——像真理、知识和善待人生的光明——就在我们每个人的身边，如果我能像小圆镜一样，把这些人生之光投射到这个世界黑暗的那一面，那么许多人生的阴霾也许就会一扫而光，许多不幸者的命运或许会因此而改变。

"这也正是我所理解的人生的意义。"说完，帕帕德罗先生拿起那面小圆镜，把它置于从窗

户外倾泻进来的一束阳光当中。在那个冬日的午后，我冰凉的手上突然出现一个闪闪发亮的光斑。抬头一看，帕帕德罗先生正微笑地看着我。

## 心得便利贴

　　人生有太多的比喻，可是我们却找不到一个统一的答案。不管每个人的人生像什么，它都有一个共同的意义，那就是用人生之光投射到世界的黑暗一面。

# 圈　套

李阳泉

　　一次，中国外贸人员同英国裘皮商人谈判。休息时，英商凑到陪谈人员身边递烟搭讪问道："今年狼皮比去年好吧？"中方人员随意应了声："不错。"英商紧跟一句："如果我想买15万到20万张不成问题吧？"陪谈人员仍不经意地回答："没问题。"一支烟未吸完，英国商人已在不知不觉中摸到中方的重要商情并设下圈套。

　　在随后的谈判中，英商主动向中方谈判人员递出5万张黄狼皮的稳盘，价格比原方案高5％。中方谈判人员没料到这是花招，反认为他要抢买，在别的竞争者面前先出高价来挤垮别人，以达到垄断货源之目的。为此中方还为卖得理想的价格而沾沾自喜。

　　可是两天之后，就有客户向中方反映，有人按低于中方的价格在英国市场抛售中国黄狼皮。直到此刻，中方谈判人员才冷静分析了业务谈判的前前后后，于是恍然大悟，原来该商人有意递出价高5％的稳盘，稳住中方，因为他给的价高，其他商人便难以问津了。同时在中国黄狼皮高牌价

下，他则在英国市场上按原价大量抛售其几十万张存货，以微小的代价先于中方出售，这样他的积压货倾销出去了，而中国向其他国家报出的价格却被全部顶了回来。

商务谈判与其说是利益的抗衡，不如说是智慧的较量。谁能先掌握对方的底细，谁就掌握着主动权，利益的天平就会向谁倾斜。

## 心得便利贴

知己知彼方能百战不殆。面对竞争日益激烈的今天，要想获得长足的发展不仅要了解自己，还要了解自己对手的实力，打有准备之战，这样才能让你的人生增益，才不会被时代所淘汰。

# 你是别人的一棵树

感 动

有个人一生碌碌无为，穷困潦倒。一天夜里，他实在没有活下去的勇气了，就来到一处悬崖边，准备跳崖自尽。

自尽前，他号啕大哭，细数自己遭遇的种种失败挫折。崖边岩石上生有一株低矮的树，听到这个人的种种经历，也不觉流下眼泪。人看到树流泪，就问它："看你流泪，难道也同我有相似的不幸吗？"

树说："我怕是这世界上最苦命的树了。你看我，生长在这岩石的缝隙之间，食无土壤，渴无水源，终年营养不足；环境恶劣，让我枝干不得伸展，形貌生得丑陋；根基浅薄，又使我风来欲坠，寒来欲僵，别人都以为我坚强无比，其实我是生不如死呀！"

人听罢，不禁与树同病相怜，就对树说："既然如此，为何还要苟活于世，不如我们一同去死吧！"

树想了想说："死，倒是极其容易的事，但我死了，这崖边就再也没有其他树了，所以死不得。"

51

人不解。树接着说："你看到我头上这个鸟巢没有？此巢为两只喜鹊所筑，一直以来，他们在这巢里栖息生活，繁衍后代。我要是不在了，这两只喜鹊可怎么办呢？"

人听罢，忽有所悟，就从悬崖边退了回去。

其实，每个人都不只是为了自己活着。再渺小、再普通的人，也会有人需要你，对于他们来说，你是一棵伟岸的大树。

## 心得便利贴

　　再低矮的一棵树，也可能支撑着鸟儿的爱巢；再平凡的一个人，也或许携带着别人的期盼。不要为自己的挫败放弃自己，勇敢地撑起枝叶，为自己，为他人，做一棵伟岸的大树。

# 大英图书馆搬迁

舒尚滨

相传，大英图书馆老馆年久失修，建成新馆后，要把老馆的书搬到新址去。这本来是一个搬家公司的活儿，没什么好策划的，把书装上车，拉走，摆放到新馆即可。问题是按预算需要 350 万英镑，图书馆里没有这么多钱。眼看着雨季就到了，不马上搬家，这损失就大了。怎么办？馆长想了很多方案，但还是一筹莫展。

正当馆长苦恼的时候，一个馆员问馆长苦恼什么，馆长把情况向这个馆员介绍了一下。几天之后，馆员找到馆长，告诉馆长他有一个解决方案，不过仍然需要 150 万英镑。馆长十分高兴，因为图书馆有这么多钱。

"快说出来！"馆长很着急。

馆员说："好主意也是商品，我有一个条件。"

"什么条件？"馆长更着急了。

"如果把 150 万全花尽了，那全当成我给图书馆作贡献了，如果有剩余，图书馆要把剩余的钱给我。"

"那有什么问题，350 万我都认可了，150 万以内剩余的钱

给你，我马上就能做主！"馆长很坚定地说。

"那咱们签订个合同？"馆员意识到发财的机会来了。

合同签订了，不久实施了馆员的新搬家方案。花了150万英镑吗？连零头都没用完，就把图书馆给搬了。

原来，图书馆在报纸上登出了一条惊人的消息："从即日起，大英图书馆免费、无限量向市民借阅图书，条件是从老馆借出，还到新馆去……"

馆员发财了……

## 心得便利贴

文中的馆员巧借全伦敦市民之力，将智慧转化为财富。这其中蕴含着深刻的道理：只会运用自己力量的人，能力再大也只是一个莽夫；善于利用外力的智者，却可以创造奇迹。

# 第二章

# 收藏昨天

让今天收藏昨天，让明天收藏今天，在一截一截的收藏中，原先的断片连成了长线，原先的水潭连成了大河，而大河，就不会再有腐臭和干涸的危险。

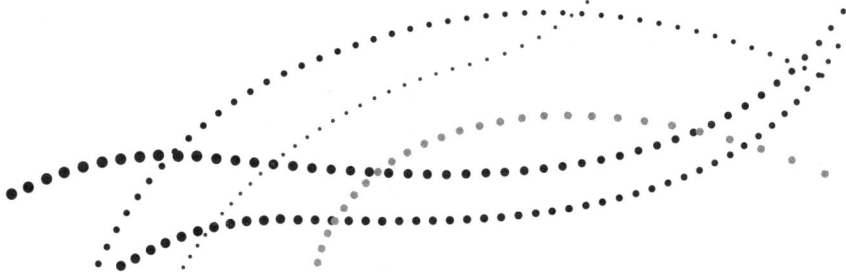

# 给自己一双慧眼

崔鹤同

150年前的一个圣诞节，一个男孩到商店选中一双深蓝色的袜子，作为礼物送给母亲。可是母亲接过礼物后，脸色突变并气愤地说："你太无礼了，你难道不知道清教徒禁忌这种颜色吗？"

"禁忌深蓝色？"小男孩奇怪地问。

"你买的明明是红色的！"母子二人争执起来。

小男孩去找哥哥做裁判，哥哥也说袜子是深蓝色的。于是母亲气冲冲地去问邻居，结果邻居们异口同声说袜子是红色的。

这件事引起了小男孩的深思，最后他得出结论：自己的眼睛和哥哥的眼睛肯定有毛病——辨别不出颜色。小男孩进一步想，还有没有其他人的眼睛也有同样的毛病呢？

男孩长大后，经过调查和研究，写出了《论色盲》的科学论文，根据视差原理，第一个提出了色盲问题。这个因眼疾而成名的人，就是对气象、物理和化学三科都曾作出不少贡献的英国科学家道尔顿。后来，人们为了纪念他，以他的名字命名色盲症为"道尔顿症"。

道尔顿能将不幸变成幸运的最根本原因是，他虽然在生理上患上眼疾，但他却为自己的心灵安上了一双慧眼。

类似的故事还有一个。在美国西北部蒙大拿州比鲁特山边的达比镇，人们好多年都习惯于以司空见惯的眼睛仰望那座晶山。晶山之所以获得这个名称，是因为山上一条狭窄的部分暴露出微微发光的晶体，它

看上去有点像岩石，但又不是。多少年来，很少有人带着好奇心，弯下身子去捡一块这种矿物质，认真地观察一下。

只有两个达比镇人始终对这种晶体保持着好奇，他们名叫康顿和汤普生。直到1995年，他们才在一座城市的展览馆中看到了同一种晶体。他们看到矿物展品中的标本上附着一张卡片，说明此种晶体可用于原子能探索。他们十分激动，立刻在晶山上立柱，确立了发现权。最终，经专家检验分析，认定晶山是极有价值的世界最大的铍的储藏地之一。这引起了不小的轰动，两个青年人就这样获得了成功。他们的成功看上去极容易，然而，他们之所以获得成功，却是他们不仅用生理的眼睛观察，而且还把所观察到的东西记在心里的缘故。

是的，给自己一双慧眼吧。只有拥有了一双慧眼，世界才会在你的面前变得无比美好，你的人生才会变得灿烂。

## 心得便利贴

上天也许未给每个人明亮的双眼，却给了每个人一双灵敏的"心眼"。世间万物，我们用双眼去观察表面，却要靠"心眼"去感知内涵。盲了双眼，还可感知世界，盲了"心眼"，却要失去感动的源泉。

# 重新开始永远不晚

玛丽琳·曼宁

几年前，我参加了一次讲授交际艺术的课程，从中获得了一份不同寻常的经历。在课堂上老师要求我们把过去感到羞耻、愧疚、遗憾或不完美的事情一项一项列出来。然后老师让学生读出自己所写的内容。面对这个看起来很"私人"的问题，我感到有些难为情，但仍然有一些勇敢者当众大声朗读。当大家都在读自己的"忏悔录"时，我的忏悔录也越写越长。三个星期后，我的"忏悔录"上已经写了101项。于是，老师就建议我们想办法去补救：或向当事人道歉，或采取具体的行动来纠正以前的过错。但是我怀疑这样做的价值：这样能挽回我过去所犯的错吗？毕竟时过境迁，这些人都已经从我的生活中渐渐远去了。

在第四个星期，坐在我旁边的一个人主动举手讲起了他的故事："在做这份'忏悔录'的时候，我想起了一件我读中学时发生的事。我生长在艾奥瓦州的一个小镇里，这个小镇里有一位我们小孩子都不喜欢的布朗警长。一天晚上，我和我的两个伙伴决定捉弄一下布朗警长。我们喝了几瓶啤酒之后，找来一罐红油漆，爬上小镇中心那个高高的水塔，在水塔上用鲜红的油漆写了几

个大字：布朗警长是个'畜生'。第二天，镇上的人都去看这几个大红字。可是，还不到两个小时，布朗警长就找到了我们，把我们三个人带到了他的办公室询问。我的两个伙伴承认了，可我撒了谎，不承认这个事实。此后也没有人再去追究这件事的真相。"

"大约20年过去了，布朗警长的名字又出现在我的'忏悔录'中，可我不知道他是否还活着。上周我往位于艾奥瓦州的家乡打电话，偶然得知有一个叫罗杰·布朗的人的电话号码。我马上打这个电话，问道：'是布朗警长吗？'过了一会儿，他回答说：'是的。'我说：'您好，我是吉米·浩特。我想告诉您我曾经向您撒过谎。'一阵沉默之后，他大声笑着对我说：'我早就知道了，呵呵……'接着我们友好地聊了很久。最后他跟我说：'吉米，我很高兴你说出了心中的秘密，我担心20年来你一直惦记着这件事，心里不是滋味。既然你已经释然，我也就放心了。谢谢你打来电话，谢谢你的好意。'"

听完吉米的故事，我深受激励。于是，我花了将近两年的时间，对这101项忏悔，一一改过自新，这么做也为我以后再遇到问题提供了解决的方法和思路，成为我人生中新的起点。

### 心得便利贴

身是菩提，心如明镜。时常自省，不时回顾，除尽我们留在别人心里的杂草，我们的心灵才会开满芳香四溢的花朵，我们的人生才会有无愧良心的坦途。

# 收藏昨天

余秋雨

经常有年轻朋友来信询问一些有关人生的大问题，我总是告诉他们，你其实已经有了一位最好的人生导师，那就是你自己。

这并非搪塞之言。人生的过程虽然会受到社会和时代的很大影响，但贯穿首尾的基本线索总离不开自己的个体生命。个体生命的完整性、连贯性会构成一种巨大的力量，使人生的任何一个小点都指向整体价值。一个人突然地沮丧绝望、自暴自弃、铤而走险，常常是因为产生了精神上的"短路"，如果在那个时候偶然翻检出一张自己童年时代的照片或几页做中学生时写下的日记，细细凝视，慢慢诵读，很可能会心情缓释、眉宇舒展，返回到平静的理性状态。其间的力量，来自生命本身，远远大于旁人的劝解。

拿起自己10岁时候的照片，不是感叹韶华易逝，青春不再，而是长久地凝视那双清澈无邪的眼睛，它提醒你、正视你，曾经有过那么强的光亮，那么大的空间，那么多的可能，而这一切并未全然消逝；它告诉你，你曾经那么纯净，那么轻松，今天让你苦恼不堪的一切本不属于你。这时，你发现，早年自己的眼神发出了指令，要你去找回自己的财宝，把不属于自己的东西放回原处。除了照片，应该还有其他更多的信号，把我们的生命连贯起来。

为此，真希望世间能有更多的人珍视自己的每一个脚印，勤于记录，乐于重温，敢于自嘲，善于修正，让人生的前前后后能够互相灌

溉、互相滋润。其实，中国古代显赫之家一代代修续家谱也是为了前后之间互相灌溉、互相滋润，你看在家谱中呈现出来的那个清晰有序的时间过程是那么有力，使前代为后代而自律，使后代为前代而自强，真可谓生生不息。个人的生命也是一个前后互济的时间过程，如能留住记忆，定会产生一种回荡激扬的动力循环，让人长久受益。一个人就像一个家族一样，是不是有身份、有信誉、有责任，就看是否能把完整的演变脉络认真留存。

我们也许已经开始后悔，未能把过去那些珍贵的生活片段保存下来，殊不知，多少年后，我们又会后悔今天。如果有一天，我们突然发现，投身再大的事业也不如把自己的人生当作一个事业，聆听再好的故事也不如把自己的人生当作一个故事，我们一定会动手动笔，做一点有意思的事情。不妨把这样的事情称为"收藏人生的游戏"。让今天收藏昨天，让明天收藏今天，在一截一截的收藏中，原先的断片连成了长线，原先的水潭连成了大河，而大河，就不会再有腐臭和干涸的危险。

绝大多数的人生都是平常的，而平常也正是人生的正统形态。岂能等待自己杰出之后再记载？杰出之所以杰出，是因为罕见，我们把自己

连接于罕见，岂不冒险？既然大家都很普通，那么就不要鄙视世俗年月、庸常岁序。不孤注一掷，不赌咒发誓，不祈求奇迹，不想入非非，只是平缓而负责地一天天走下去，走在记忆和向往的双向路途上，这样，平常中也就出现了滋味，出现了境界。珠穆朗玛峰的山顶上寒冷透骨，已经无所谓境界，世上第一等的境界都在平实的山河间。秋风起了，芦苇白了，渔舟远了，炊烟斜了，那里，便是我们生命的起点和终点。

想到起点和终点，我们的日子空灵了又实在了，放松了又紧迫了，看穿了又认真了。外力终究是外力，生命的教师只能是生命本身。那么，就让我们安下心来，由自己引导自己，不再在根本问题上左顾右盼。

左顾右盼，大漠荒荒，其实自己的脚印能踩出来的只是一条线。不管这条线多么自由弯曲，也就是这么一条。要实实在在地完成这一条线，就必须把一个个脚印连在一起，如果完全舍弃以往的痕迹，那么，谁会在意大地上那些零碎的步履？我在沙漠旅行时曾一次次感叹：只有连贯，而且是某种曲线连贯，才会留下一点美，反之，零碎的脚印，只能是对自己和沙漠的双重糟践。

　　我最合适什么？最做不得什么？容易上当的弯路总是出现在何处？最能诱惑我的陷阱大致是什么样的？具备什么样的契机我才能发挥最大的魅力？在何种气氛中我的身心才能全方位地安顿？……这一切，都是生命历程中特别重要的问题，却只能在自己以往的体验中慢慢爬剔。昨天已经过去又没有过去，经过一夜风干，它已成为一个深奥的课堂。这个课堂里没有其他学生，只有你，而你也没有其他更重要的课堂。

　　因此，收藏人生比收藏书籍、古董更加重要。收藏在木屋里，收藏在小河边，风夕雨夜点起一盏灯，盘点查看一番，第二天风和日丽，那就拿出来晾晾晒晒。

心得便利贴

　　昨天是一本记满幸福、载满风雨的画册，今天会成为昨天，明天会成为昨天，以后的每一天都会成为昨天，而昨天可以像书页一般被翻过，记忆却在那发黄的书页上留下了快乐或悲伤的印记……

# 迎接阳光开一扇窗棂

李雪峰

朋友买了一套房子，地段不错，格局也十分合理，唯一遗憾的是光线不太明朗，几扇窗子都掩在附近几幢高楼的阴影里，晴天时还可以，一遇雨天或天气不好的日子，屋里的光线就十分差，就是白天对窗读书，也常常需要拧亮台灯。

朋友对此十分烦恼。

一天，朋友请一帮老同学到家里小酌，朋友们看了他的一个一个房间，都点头称道不错。朋友说："格局不错，就是光线太差。"一位搞装潢设计的同学听了，仔细在朋友的房间里看了又看说："光线差是因为你留错了窗子。"

朋友不解，那位搞装潢的同学指点说："迎着阳光的地方你没留窗子，没有阳光的地方你偏偏开了窗子，室内怎么能明朗呢？"过了几天，那位搞装潢的同学带了一帮人来，要帮朋友重新开几扇窗子，朋友和他的家人担心地说："方位不对，怎么能开窗呢？"

那位同学笑笑说："什么方位不对？你要想让室内光线明朗，就别管什么方位，迎着阳光开窗就行了。"同学在墙上重新设计了几个开窗的位置，有几扇是迎着早上太阳的，有几扇是迎着上午太阳的，还有几扇是迎着傍晚斜阳的，设计好后，同学就指挥那帮装修工人叮叮当当打墙，只半天的工夫，就在原来没窗的墙上打开了十几扇窗子，室内的光线一下子就明朗起来了。朋友很兴奋，邀我到他家去坐坐，指着东墙上新开的窗子说，清晨太阳一跃出地平线，那明媚的光线一下子就穿过东墙上窗子射进屋里来，照在床上、书桌上，甚至洒在睡梦中家人的安详的脸上；中午和下午时，太阳从面南的几扇窗子斜射进来，照在室内的墙上和地板上，到了傍晚，一抹夕阳从向西的窗子飞进来，把屋子里涂得金碧辉煌。就是在雨天，屋子里的光线也不差，可以临窗看无边无际的雨幕，也可以临窗看迷漾的远山。朋友感叹说："没想到只是开了几扇窗子，屋里原本的沉郁生活，一下子就变得充满诗情画意和阳光明媚起来。"看着朋友感慨不已的样子，我想，如果我们能迎着阳光给我们的心房开几扇心窗，那将会怎样呢？

　　可能因为开错了窗棂，我们只看到了生活的沉重和生命的阴郁；可能因为开错了窗棂，我们只看到岁月的阴影和社会的阴云；可能因为开错的窗棂，洒进我们心房的只是尘世的炎凉和命运的孤寂……

　　但如果能迎着阳光给我们的心灵打开一扇窗子，那么，温暖的阳光会洒进来，和煦的微风会拂进来，轻柔的月光和星光会飘进来，生活和生命是明媚而温暖的，这个世界是缤纷而七彩的……

　　不要埋怨世界，也不要叹息命运，许多时候，只是因为我们心房的窗棂开错了地方，如果我们能迎着太阳给自己开一扇新窗，那么快乐和幸福便会洒进你的心灵中来，那么你将看到生活和命运如诗如画的温馨风景。

幸福，只需要我们给心灵迎着阳光开一扇窗棂。

## 心得便利贴

我们之所以不幸福，一方面是我们对幸福的定义太完美，而我们又达不到那种境界；另一方面是我们的眼睛只盯着遗憾，忽略了身边的美好。

# 高手不多

肖　天

虽然我已经毕业 6 年了，事业也算是初露端倪，但是我仍一直牢牢地记着大学里的一句话，一句同班同学告诉我的话：高手不多。

那位老兄现居美利坚，我们一直保持着 E-mail（电子邮件）的联系，每当我提到这句金玉良言，他总是给我一个会心的微笑：你知道吗，这些年在老美，我也是靠着它勉励自己活下来的。

当年，他在班里总是独来独往，可谓是默默无闻，其貌不扬，也没什么特长，更没有什么狐朋狗友来天天推杯换盏。好在他一进大学就抱定了一个目标：出国，因此所有的重心都在学习上，倒也落得个清静。可是学着学着，突然发现周围与他志同道合者甚众，比他努力用功者不少，聪明者、记性好者多多。别人替他发愁，劝之曰：你有什么优势去和这么多的人竞争，还是算了吧，别费这心了。而他总是笑而不答，继续背他的 ABC，做他的词汇题，不急不慢，一步一步，把自信写在脸上。

直到有一天，我正在为一时冲动报名参加的演讲比赛抓耳挠腮、后悔不已、信心全无时，他踱着方步过来了，冲着我嘿嘿一笑："兄弟，有什么好发愁的，记着哥哥我一句话，其实在你的周围，高手不多呀！"然后又对我意味深长地一笑，口中念念有词地走了。

高手不多？还没来得及仔细参悟其中无限哲理的我，已经急急地开始了比赛前的准备。原本我就是一个比较内向的人，不太愿意与别人交

67

流，特别是上了大学之后，觉得自己个子不高，长相一般，家境中等，背景不厚，看谁都比我强，我拿什么去和别人比呢？但是看着周围的同学在校园里意气风发、朝气蓬勃的样子，又很是羡慕，就对自己说，既然想了为什么不去做呢？为什么不去努力地实现呢？他们能做的我一定也能做，因为我不笨呀！可是勇气老是和自卑打架，结果往往是我把勇气深深地压在了心底，低着头做原来的我。

而这一次，勇气终于历尽千辛压住自卑浮出水面，我在自卑与自信的较量中签字画押了，胜败在此一举。可是，我心里一点底也没有，慌慌的，没着没落。既然枪已上膛，那就只有闭着眼冲锋陷阵了。

接下来，我废寝忘食地收集着各种资料，认认真真地写着演讲稿，并恭恭敬敬地请前辈们指教。没把那位老兄的指点当一回事的我，早就把"高手不多"的谆谆教诲抛在了一边。

终于到了我要站在演讲台上的那一天了。我清楚地记得我是第四个上场的选手。从第一位选手开始，坐在台下的我就紧张得手心不停出汗，轮到我时，全身已经湿透了（当然不排除我这人特别爱出汗）。我不知道自己是怎么一步一步走上台的，手脚已经不再受大脑的控制了，因为那时脑子里满是怎么办、怎么办的问号。

好不容易站到了麦克风前，还没容我定一定心神，收收脑门上的汗，一睁眼，哎呀！蒙了——台下黑压压的一片，长这么大，还头一回有这么多人看我。再看看周围，黑乎乎的演讲台上只有我孤孤单单的一个人。极度的恐惧涌起，腿肚子止不住地转筋，汗更是不停地往外冒，脑子里一片空白。演讲？做了千万遍准备的内容早忘得一干二净，连一个词也没给我留下。沉默的每一秒钟都像一个世纪那么长，我望着台下，台下也望着我，只有沉默。

我从未体验过那种无助的感觉，我连后悔都想不起来了。我知道此时没有人能够帮我，除了我自己。我努力地告诉自己，反正台已经上了，筋已经转了，汗已经出了，豁出去了，要丢丑就丢一回吧，人的一生哪有不丢丑的呢？

突然间，不知触动了哪根神经，那位老兄的嘿嘿笑容出现在我的脑海中，"高手不多"的四字箴言也渐渐突现。是的，高手不多！谁又知道前三位选手不是转着腿筋上台的呢？谁又知道他们不也是紧张害怕得出汗呢？他们和我并没有区别，他们演讲得也不过如此，谁又比谁差多少呢？

想到这儿，我已准备破釜沉舟了。张口之间，才想起词已经忘光了。忘了就忘了吧，我干脆来个即兴演讲，把这么多天来积累的知识做了个重新组合。就这样，我在那次比赛中得了二等奖。

这一开了头，便激起了我的万丈雄心，一发而不可收拾。原来我也可以做得很好，原来我不比任何人差，只要有自信、肯付出、肯努力。

那位老兄也在高手不多的境界中，一步一个脚印，有条不紊地执行着自己的计划，最后临毕业前在很多人不敢相信的目光中，飞向了大洋彼岸。

千万记住，在你周围，高手不多哟！

## ♥ 💡心得便利贴 ---------------------

竞争如同打牌，我们的紧张有很大一部分原因是被对手桌面上的牌吓到了，实际上，等翻开底牌，我们就会感叹，不过如此！竞争时放手一搏，竭尽所能环顾四周，我们会发现，原来高手并不像想象的那么多。

# 只选一把椅子坐上去

董保田

有人曾向世界歌坛的超级巨星卢卡诺·帕瓦罗蒂请教成功秘诀，他每次都提到自己父亲的一句话。

从师范院校毕业之后，痴迷音乐并有相当音乐素养的帕瓦罗蒂问父亲："我是当教师呢，还是做个歌唱家？"其父回答说："如果你想同时坐在两把椅子上，你可能会从椅子中间掉下去，生活要求你只能选一把椅子坐上去。"

只选一把椅子，多么形象而又切合实际的比喻。人的一生，说长也短，不容我们有过多的选择，那些左顾右盼、渴望拥有一切的人，往往因为目标不专一，最终一无所获。

在一生中，我们会面临诸多选择，特别是在涉世之初或创业之始，此时的选择尤为重要。一旦看准了方向，选定了目标，就要坚定不移地

走下去。哪怕这条路崎岖不平，障碍重重，同行者寥寥无几，你都要有"板凳坐得十年冷"的信念，忍受孤独和寂寞，朝着一个主攻方向，尤其在诱人的岔路口，你必须不改初衷，用心无旁骛的坚定信仰和超然气度将它走完，一直走进美好的未来。

巴尔扎克曾经不顾家人的反对，立志从事文学创作。然而，在初期创作失败后，为了维持在巴黎的生活，他决定投笔从商，去当出版家。但这个外行的出版家受尽人家的欺骗，很快就失败了。紧接着，他又当了一家印刷厂的老板。可不管他如何拼命挣扎，也没有摆脱失败的命运。为此，他欠下了不少债，而且债务越滚越大，以致警察局下通缉令要拘禁他，他只好隐姓埋名躲了起来。巴尔扎克终于醒悟过来，开始严肃认真地进行写作，成为了惊人的高产作家。

只选一把椅子，锁定一个努力的方向，可以决定我们的一生。

## 心得便利贴

人生之路是一个漫长的过程，我们会遇到多个岔口，当我们面临多种选择时，应尽快确立自己的目标，并为之付出辛勤的汗水，左右彷徨只会导致一事无成。

# 反其道而胜之

王　飙

北宋景德年间，有一位戍边将军叫曹玮，他熟读兵书，颇有谋略。

有一次，西番兵轻视宋军，大举侵入边境，企图饮马黄河，放牧中原。曹玮率兵抗敌，宋军号令严明，列阵肃整，进退自如。西番兵虽然强悍，但对阵法却不甚精通，一看这阵势，心理上已先怯了三分，两军刚一交战，西番兵便溃不成军，一溜烟地逃跑了，令曹玮追赶不及。宋军虽取得了胜利，但却收获不大。

曹玮看看西番兵已跑远，便纵兵去掳掠西番兵丢弃的牛羊，然后慢慢地赶着战利品往回走。他的部下便劝说道："西番兵虽败，但并未损失什么兵力，这样赶着成千上万的牛羊赶路，一旦西番兵从后面掩杀过来，我们就彻底完了，不如抛掉这些没用的牛羊，赶快整队返回！"曹玮不作任何回答。西番兵跑了几十里之后，当侦察到曹玮贪恋牛羊之利而军队不整的消息后，就又率兵急速返回袭击。

曹玮率军越走越慢，等到了一个有利地形之处，便停了下来等待西番兵。西番兵的先头部队刚一到达，部下又劝曹玮趁西番兵疲惫之时而击之。曹玮仍不回答，反而派人迎上去对西番兵说："我不愿意在别人疲惫之时趁火打劫，等你们休息好了，我们再决战。"西番兵因来回跑了近百里的路程，正累得抬不起脚呢，一听这话便非常高兴，于是就整队歇息。

过了许久，曹玮又派人对西番兵说："现在已经休息好了，可

以开战了。"于是双方擂鼓，挥兵向前，两军接触不久，西番兵再次大败。这一次他们就跑不动了，曹玮便纵兵从后面掩杀，西番兵的军队损失过半，横尸遍野，血流成河，侥幸逃走的也从此再不敢窥视南面。

凯旋时，部下多有困惑，曹玮语气徐缓地对部下说："初时的小胜使敌人的实力丝毫未损，根本打消不了西番兵南侵的野心，你一打他就跑，很难再寻到消灭他们的战机。于是，我就故意做出贪利的样子来引诱他们，给他们一个可以从背后袭杀我们的假象，于是他们上钩，又一次奔袭而回，此时我已占据了有利地形正等待着他们。而他们刚到之时，虽已跑了近百里的路程，但锐气正盛，求胜心切，此时决战，还会互有胜负。我知道：跑远路的人，如果稍获休息，就会双足麻痹站不起来，即使勉强站起，其势气也已全失，而我军则以逸待劳，以一当十，哪里还会有不胜之理？而西番兵的人马几经折腾，就是逃跑的劲也没有了啊！此次用兵，看起来与兵法相违，实乃兵法的灵活运用啊！"

这一仗，曹玮不但赢得了部下的赞叹，就连皇帝宋真宗听到后也是连声称妙道奇，并给曹玮加官晋爵。由此，我们也可以看到：办事有章法，但不为章法所困，才是真正的智慧啊！

**心得便利贴**

运用智慧而不失灵活的人，方可称之为智者。现实生活气象万千，墨守成规不可取，于前人经验中提取精华，活学活用，才能在风云变幻的时代为自己的成功找到一席之地。

# 杖　子

孙桂芳

　　你手扶着额头，坐在我对面，告诉我说，那天你打电话来找我，恰巧我不在，是我小女儿接的，甜润的声音，动听得有若歌声。

　　你说到了这个年纪，听到我那个日渐成熟的女儿的声音，就像久已不见的朋友，总感觉着有些陌生。所以，乍然听到那甜甜脆脆的声音，真的有如一股春风，刮过你那寂寞的心田，竟漾起了几许柔情。

　　你说着时，神色之间有些寥落。忽然觉得一向蓬勃的你，原来也隐忍着如许的孤独和寂寞，莫非说这短暂的风雨，真的让你感觉到春业已消逝，只剩下秋的萧瑟了吗？

　　那么，让我来给你讲一个春天的故事好吗？

　　那是一个乍暖还寒的春日，我因为生活中突然出现了一些意想不到的波折困扰着心灵，而伏在窗前的沙发上独自悲哀，忽然间从窗外传来了甜甜的，却又嫩稚的歌声：

　　　　蝴蝶蝴蝶穿花衣，

　　　　飞来飞去真美丽，

　　　　你也喜欢我呀，我也喜欢你，

　　　　唱歌跳舞做游戏。

　　那歌声很美，深深地扣动着我的心弦。

我不由抬起头来望向窗外，春光明媚，院外的小街正有几个女孩在跳橡皮筋。随着歌声，一个步履蹒跚的小小的身影，晃悠悠地出现在院落和小街之间的那道杖子前。

我不禁有些惊讶，恍如昨日还咿呀学语的小女儿，今天竟能唱一支完整的歌了。

她站在那儿，似想要从杖子那边跳进院来，试了几次，都未能成功，可爱的小脸已经憋得通红。

看她那么地吃力，旁边一个大一点的女孩儿，欲待帮她，她却紧抿着小嘴，倔强地摇摇头，似乎憋足了劲儿，又试了几次，终于跳过了那道杖子。

那天下午，我对前来看我的朋友学说这件事，"小女儿"那甜美的歌声和跳杖子的那股韧劲打动了我，使我终于摆脱了多日来缠绕在心灵上的那些苦痛，从冬天里走到了春天。

这时，绕于膝前的小女儿，忽然瞪着一双乌溜溜的大眼睛，说："妈妈，我也是从冬天跳进了春天。"

朋友忍不住笑着问："你是怎么跳过来的呀？"

小女儿闪动着可爱的目光说："跳杖子啊！"

我和朋友都被她那可爱的天真给逗乐了，而我竟也因此有些泪湿，心里满满的似乎有什么在撞击。

我懂了，生命的面貌原来就是这样，冬天与春天，其实只隔着一道窄窄的杖子。那么只要跳过了这道杖子，生命便会从冬天走进了春天。

有人说生命里充满了无数看似巧合的相遇和相知，那种相遇和相知所产生的一种迂回反复的感觉，像光洒在水波之上，再慢慢地散播开来一样。

由此，那个明媚的春天，小女儿的歌声和天真烂漫的想象，使我知道了生命里还有一种盼望，一种坚持，一种希冀……

**心得便利贴**

境由心生，适当地改变自己的心态，往往就能改变生活的意义。生命中的顺境、逆境被"杖子"隔开，努力从逆境处跳过去，坚持这样的行为，你会尝到阳光温暖的滋味，品味胜利的果实，从而获得真正的欢乐，生命的春天也会向你敞开怀抱。

# 给人生划分行程

李桂芳

　　小时候，我家住在大山脚下，我经常和大人们一起上山打柴、割草。打柴、割草的过程还算轻松，但背着柴草回家的那段路却至今在我的脑海里留着烙印。每每背着那一大捆沉重的柴草上路，我便觉得人世间最大的痛苦降临了。此时一般晌午已过，自然是饥肠辘辘，加之身体瘦弱，觉得四肢酸软无力，双肩被背带勒得生疼。可不管怎么说，把一大捆柴草完好无损地背回家去是农家孩子最基本的责任啊。由于肚子太饿，总想一口气背回家去。然而，往往事与愿违，那沉重的柴草总在我迫切的回家愿望里变得越来越沉重，常常压得我大汗淋漓、气喘吁吁。有一次将柴草背回家，整个人差点晕了过去。母亲看我疲惫不堪的样子，就问："你一路没歇歇就回来了？""是呀，我不是想早点儿回家嘛！"我气呼呼地回答说。母亲笑着说："孩子，你仔细看看，那些大伯大婶们是怎么背的？他们总是急急地走一阵，歇口气，再走。你看，他们不跟你回家的时间一样吗？而且别人肯定没你那么累。不信你试试。"

　　从那以后，我听从了母亲的教诲，便学着大人们的样子，背一程，歇口气，再背一程，再歇口气，果然，回家的时间没耽搁，也不再那么劳累了。小小的我便暗自琢磨开了：为什么歇口气再背会觉得力气又足了许多呢？再背柴草上路的时候，我便用心地体会。原来，我在潜意识里将那一个个歇气的石台、土坎当成了走路的目标。当我疲惫难忍的时候，一想到马上就要到达下一个歇脚的地方，我便又对艰苦的行程充满了希望，然后咬咬牙继续走下去。当将整个沉重的柴草放在歇气的石台上时，疲惫的身体便有了从未有过的松弛和舒服，长长地喘口气，活动活动被压得僵硬的腰身，再踏上行程的时候，疲惫之感便没那么强烈了。如果疲惫再次袭来，我总会在心里安慰自己：再等等，马上又到下一个歇脚的地方了。于是，整个人便又充满希望地朝前走去。

许多年过去了，如今每当我感到人生道路艰难的时候，便想起了小时候背柴草的经历，于是有意识地暂时歇一歇，给自己一个"喘息"的机会。我告诉自己，在这一段道路里，你只需要达到某一段目标就行了，于是便陡然觉得减轻了许多心灵的重负，轻松间又欣然背着人生的"柴草"上路了。朋友们，当你觉得累的时候，何不也给人生划分一个行程呢？

## 心得便利贴

在你迈向大目标的道路中，可以把它划分为一个个小目标，这样，你就会体会到"沿途欣赏风光"的喜悦，从而不费力就达成最终目标。

# 天才和一只睡懒觉的猫

玉 梦

斐塞司博士悠闲地站在窗前，他似乎在凝望着什么，思考着什么，但是从神态上看，又好像什么也没有思考，就是工作之后漫无目的地遐想，即所谓的神游。

四周静静的，阳光从天空直射下来，照射在窗前的空地上。

一只母猫躺在阳光下，它懒懒的，很舒适的样子。母猫安详地打着盹，那种舒展的姿态与四周的宁静是那样吻合。

树影开始移动，遮住了猫身上的阳光。这只猫站起来，重新走到阳光下。这一切，是那么自然而然，仿佛一切都事先安排好了，就好像母猫接到了阳光的通知似的。

这一景象唤起了斐塞司博士的好奇。

究竟是什么引得这只猫待在阳光下？

是光与热？

对，是光与热。

那么，如果光与热对猫有益，那对人呢？为什么不会对人有益？

这个思想在脑子里一闪。

就是这个一闪的思想，成为后来闻名世界的日光治疗法的引发点。

之后不久，日光治疗法在世界上诞生了。

斐塞司，医学博士，诺贝尔奖获得者。由"想"到了猫对光和热的追寻，进而想到光与热对人的益处，再与人类的健康事业联系在一起。我们呢？

心得便利贴 ----------------------

　　善于发现平凡生活中不平常的事，这就是天才的智慧，许多伟大的发现就是在一念之间诞生的。勤于思考，敢于想象，你也会成为天才。

# 洛克菲勒和农民

胡桂英

美国石油大王洛克菲勒年轻的时候，学习成绩很差，他感到很困惑，对生活没有明确的目标。有时他会陷入一种幻觉，经常整夜失眠，只是快天亮时才能睡两个小时。他就这样在浑浑噩噩中打发着时间。

有一天，他实在闲得无聊，就到处瞎逛。他漫无目的地乘大巴来到犹他州，在一个农场附近下了车。天黑的时候，他敲响了农场主人家的门，主人热情地招待了他。第二天，他感谢了主人的盛情款待，再次踏上了回纽约的旅程。他沿路徒步走着，期待能有一辆可搭乘的车。终于，后面来了一辆车，开车的正好是昨天帮助过他的那位农民。他坐在那位农民的车上，感到从未有过的自足与得意，他觉得自己和这个世界是如此和谐。

车在马路上疾驰，开车的农民突然问洛克菲勒："你想去哪儿？"洛克菲勒愉快地望着窗外，快速地用他不久前才听到的惠特曼的诗来回答："我将去我喜欢去的地方，这漫长的道路将带领我去我向往的地方……"那是《通达大路之歌》里面的句子。那个农民看着他，面带惊讶甚至愠怒的表情，然后农民谴责地问："你是想对我说，你甚至没有一个目的地？""我当然有目的地，只是它在不断地改变——是的，几乎每天都在变。"洛克菲勒若有所思地回答。"嘎"的一声，那个农民突然把车停在了路边，命令洛克菲勒下车。农民把头探出车窗外，对洛克菲勒说："游手好闲之徒，你应当找一份正当的职业，落下脚，挣钱过日子。"说着他就把车开走了，留下洛克菲勒一个人站在乡村的土路上。

洛克菲勒望着两端都长得看不到头的土路，几分钟之前的得意之感荡然无存，他自言自语地说："原来生活充满两极，刚听到诗人惠特曼鼓励我继续在这通达的大路上走下去，仅仅几分钟，我就为此而遭到红脸农民的训斥。看来，我得时刻准备接受生活中的所有沉浮了。"

后来，洛克菲勒确定了目标，并取得了令世人瞩目的成功。

## 心得便利贴

要想实现心中的理想就不能没有计划地盲目追求，而应该制订出长远的计划，然后再根据实际情况修改并完成它。只有不断为实现目标而努力，不断进取，才会拥有成功的人生。

# 迷失记忆的老人

张　兵

　　在斯德哥尔摩东城一条主要街道上，上下班时经常能看到一位老人在街头站立，他昂首挺胸，目视前方，活像一尊雕塑。我到瑞典不久，人们就建议我去看这"街头一景"。

　　那是立春后不久的一个早晨，我匆匆赶去上班，果真在那街头看到了他，只是又多了一项内容：在我驻足的一两分钟内，他忽然向右侧踱着碎步，头偏向右方，做"向右看齐"的动作，然后又刷地甩过头，保持立正姿势。他可能是个退伍军人——我脑子里一下子闪过了这个念头。我向过路的几个行人打听这位老者是谁，为什么站在这儿。他们有的摇摇头，有的摊开两手。我知道瑞典人的脾气，从不管别人的私事。

　　瑞典夏日阵雨多，出门必带雨具。有一次我经过他身边，正赶上下雨，他既未穿雨衣，也没打雨伞，却仍笔直地站在那儿。雨水顺着他的头发流到面颊上，他好像全然不知。我立刻将伞撑到他头顶上，雨住了，我才离开。他没有说一句话，甚至也没有看我一眼，我心里有点儿悻悻然。同事笑我傻，说那老头可能是"神经病"。我半信半疑，老人的古怪行为吸引着我，迫使我进一步寻找答案。

　　后来，我去丹麦出差了5个月，入冬才返回瑞典。第二天上班经过那街头，没有碰到他，心里似乎空落落的。下班后，飘起了大雪，我急急地赶到那街头，老人正在那儿站着，帽子上落满了雪，胡须上挂满了银白的霜花，活像一位圣诞老人。一个五六岁的小男孩在他身边抓雪

玩，眼光不时飘向老人。我发现孩子的眼神里有某种东西同老人有联系，便走过去问那男孩："你认识这位老人吗？""他是我爷爷。"果真让我猜中了。我便装成漫不经心的样子，说："我猜你爷爷在替什么人站岗，是吗？""为国王。"孩子脱口而出，我兴奋极了，似乎答案就在不远处，便引着孩子的思路，故意逗他继续往下讲："可是国王不是住在皇宫里吗？你爷爷怎么在这儿站岗？"孩子眨了眨眼，像在想什么，但他什么也没说，又径自去抓雪玩。我又一次陷入迷惘。当时我真想走过去同老人谈一谈，但望一望他那庄重的、不屑一顾的神情，立刻打消了这个念头。

我被老人的"谜"困扰着，又不知该怎么办才好。终于有一天，我们因工作需要，请所在地区的值勤警察吃饭。无意中，我提到了那位奇怪的老人，警察们听后面面相觑，空气好像一下子凝固了。我不知道自己闯了什么祸，正想把话题引开，一位年纪稍大的警官缓缓站起来，整了整自己的制服，神情庄重地说道："他是我们的前辈，叫本德森，是一位干练的皇家卫队军官，受过多次嘉奖。三十多年前，他统领的骑警马队受惊，为了士兵和其他人的安全，他死死拉住惊马，被拖出去几百米远，险些丧了命。"我屏住呼吸听着，心像铅一样沉重。讲话的警官略微停了停，又接着说道："从此他失去了记忆，但他唯一没有忘记的是自己的职责……"

我的眼睛湿了……

**心得便利贴**

一位忠于职守的人就是这样坚定，也许他会忘掉自己的身份，却不会忘记自己的责任。我们也应该做一个尽职尽责的人。

# 方丈的四句话

马国福

　　几年前，有个青年从一所重点大学毕业后被分配到某大城市的一家事业单位工作，可没过多久他被莫名其妙地二次分配到一家下属县级单位。在下属单位他只是从事一些简单的工作，刚开始他对工作充满了热情和信心，时间长了他发现自己从事的工作一个高中生就足以胜任。他总想干一些引人注目、出大成绩的工作，无奈上级从不给他提供发挥自己特长的机会。他满腹牢骚，慢慢地学会了敷衍了事，于是单位里那些不良的习惯像细菌一样传染到他身上。他懒懒散散，经常迟到、早退、工作拖拖拉拉、精力不集中，一年下来除了拿到一些在当地还算不菲的工资福利外，他一事无成。而那几个他从不放在眼里的高中生却通过自学考试拿到了大专文凭，他们工作纪律性强，工作井井有条，成绩突出，受到了领导的好评。大学里的同学经常从大城市打来电话说他们得到上级赏识被委以重任，工作很愉快，成绩也很明显，听到这些他心里很难过，感到命运捉弄了自己，总是抱怨自己怀才不遇，壮志难酬。

　　空闲时间他养成了到小城郊区的那个名叫广福禅寺的庙宇里去散心的习惯。有一天不经意间他向老方丈诉说了自己的苦闷。方丈问他："你觉得自己很有才华是吗？"他点头称是。方丈问他："那你尽心了吗？"他说："我的工作稍微有点文化的人都可以胜任，我在那个默默无闻的位置上简直是大材小用。"方丈微微一笑，拿出一件玲珑剔透的金色香炉说："假定这是一块金子，你怎样才能使它发光？"他说："这

还不简单，拿到阳光下面不就发光了？是金子总会发光的，是玫瑰总会发香的！"方丈点点头又说："你说的也对也不对。"他不解。方丈拿着香炉走到明媚的阳光下，阳光下香炉金光闪闪，很耀眼。他说："我说的没错吧？是金子总会发光的。"方丈不语，径直走到一个见不到阳光的角落里，用手在酥土里挖了一个坑，把香炉埋了进去。方丈说："现在金子发光了吗？"他说："没有，被土埋没了怎么会发光呢？"方丈接着说："不一定每块金子都能发光。我送你四句话：其一，无败者无成，心败则败；其二，变世者非他，心变则变；其三，山不转水转，心转则转；其四，尽力者尽心，心尽则尽。"方丈说完拂袖而去。

在日后的工作学习生活当中，那个青年一有空闲就体会方丈送他的几句话，他的积极性空前高涨，不到一年他的成绩就在单位遥遥领先，领导也很喜欢他。由于业绩突出，他被上调到上级部门从事能发挥他特长的工作。几年后，起初对方丈的四句话不求甚解的他，逐渐悟出了其中的道理：这世界上没有失败，只有暂时的不成功，一个人不自信，成功就无从谈起。改变世界之前，需要改变的是自己的心态，心态不改变付出多大的努力也是枉然，改变从决定开始，决定在行动之前。是自己的决心，而不是环境在决定你的命运。设定了确切的目标，尽心尽力没有实现不了的目标。丹麦作家安徒生说过的另一句话："如果你是天鹅蛋，即使生在养鸡场也没关系。"真的，如果不能拥有美好的人生就拥有美好的人生观；如果不能改变环境，就改变自己的态度和决心；如果不能发光，就扫除蒙蔽心灵的灰尘和云烟。找准位置，摆正心态或许明天你就能发光，关键的是你必须拥有打铁还需自身硬的功夫，心存真金不怕火炼的信念，以及不要因暂时的困惑阻挡发光的决心。

## 心得便利贴 --------------------

态度决定一切！就算你是金子，也一定要有着金子般的心态，否则你的光芒也注定要被虚浮所遮盖。只有端正自己的态度，用积极乐观的心态去看待人生，你的人生之树才能开出幸福的花朵，结出成功的果实。

# 自由的鸡

南西·文思克　荣素礼　译

伯岭肯农场是一个大型机械化养鸡场，一个个仓库式样的大房间里整齐地排列着近百个小笼子，每个笼里有两只产蛋鸡。

笼子如此之小，母鸡在里面根本无法转身。鸡笼前面的自动传送带给它们送来食物，后面的传送带则带走它们刚下的鸡蛋。

我发现不远处有十几只四处游荡的鸡，一个工作人员跟在鸡群后往地上撒米喂食。"你是想把它们引回鸡笼吧？要帮忙吗？"他走过我身边时，我对那个喂鸡的员工说。"谢谢。我不想抓住它们。"喂鸡的员工对我点点头，"我们有意让这几只鸡自由活动。关在笼子里的那些家伙如果看不到几只自由的鸡，会由于神经过度紧张而停止产蛋。如果没有这几个'逃跑'分子，其他鸡最终会放弃希望，甚至死掉。"

一下子，我意识到我的生活方式和这些笼子里的鸡是多么相似。我们多少人一生都生活在笼子里，渴望地看着别人去历险，追求梦想，享受自由。

我意识到世上有两种鸡：生活在笼子里的和自由自在的。我要做一只自由的鸡。

### 心得便利贴

人与人传递着真诚的情意，它胜似良药，可以驱散心灵的阴霾，塑造和谐的人际关系。敞开心胸给需要帮助的人以"童心的拥抱"，把人间真爱化为生命永恒的光彩，让所有人都得到爱与阳光。

# 客厅里的爆炸

白小易

主人沏好茶，把茶碗放在客人面前的茶几上，盖上盖儿。当然还带着那清脆的碰击声。接着，主人好像又想起了什么，随手把暖瓶往地上一搁，匆匆地进了里屋，马上传出开柜门和翻东西的声响。

做客的父女俩待在客厅里。10岁的女儿站在窗户那儿看花，父亲的手指刚刚触到茶碗那细细的把儿。忽然，"叭"的一声，跟着是碎裂声。

——地板上的暖瓶倒了。女孩也吓了一跳，猛地回过头来。尽管事情极简单，但这近乎是一个奇迹，父女俩一点也没碰它——的的确确没碰它。而主人把它放在那儿时，虽然有点摇晃，可是并没有马上就倒。

暖瓶的爆炸声把主人从里屋"揪"了出来。他的手里攥着一盒方糖，一进客厅，主人下意识地瞅着热气腾腾的地板，脱口说了声"没关系——没关系！"那位父亲似乎马上要做出什么表示，但他控制住了。"太对不起了，"他说，"我把它给碰了。""没关系。"主人又一次表示这件事情无所谓。

从主人家出来，女儿问："爸，是你碰的吗？"

"我……离得最近。"爸爸说。

"可你没碰！那会儿我刚巧在瞧你玻璃上的影儿，你一动也没动。"

爸爸笑了，"那你说怎么办？"

"暖瓶是自己倒的！地板不平。李叔叔放下时就晃，晃来晃去就倒了。爸，你为啥说是你……"

"这，你李叔叔怎么能看见？"

"可以告诉他呀。"

"不行啊，孩子。"爸爸说，"还是说我碰的听起来更顺溜些。有时候，你简直不明白是怎么回事，你说的是真的，却不能让人相信。"

女儿沉默了许久才说："只能这样吗？"

"只好这样。"

## 心得便利贴

世界上很多事情是不依常理，没有规钜可循的。人一味地坚持自以为是的道理去为人处世，只会把事情越弄越糟，最终使人疲惫不堪。所以说："世事洞明皆学问，人情练达即文章。"

# 他只有 45 天

苗祖荣

　　他在北京最繁华、客流量最大的地段之一的一座三层楼前，被一则招租启事吸引了，启事上说：产权拥有者欲将这幢三层楼出租，年租金40万元，租金一次性交清。能在前门这样的黄金地段拥有一个店，就意味着拥有一棵摇钱树。但同时他又被昂贵的租金、苛刻的付款方式难住了。要知道，他只有区区的5万元钱，只是年租金的1/8，如何才能一口吃下这个"胖子"呢？他冥思苦想起来。

　　他想到了一个富翁的致富故事，这个人是卖芝麻糕发家的，他说，糖一块钱一斤，芝麻一块多一斤，如果把糖和芝麻合制成芝麻糖，再以双倍的价格卖出去，那么，每卖一斤芝麻糖就能净赚成本的二至四倍。就这么一斤一斤地卖芝麻糖，这个人最后终于赚了大笔的钱。

　　这个故事给他的启发很大，于是在他的脑子里也酝酿了一个"芝麻糖"的计划。他找到房主，请房主给他45天的期限，先把5万元钱交给房主作为定金，并与房主签订协议，协议规定：45天内，他把年租金40万元交齐，若45天拿不出租金，房主没收定金，房子另租他人。

　　租房协议签订后，他到一家装饰公司，凭着租房协议，他与装饰公司签订装修协议。协议规定：装修公司在25天内按他的设计思路把房子装修一新，45天后，付装修费。接着，他凭着租房协议和装修协议与5家商场签订赊销协议，又以赊账的方式购置了地毯、桌椅、厨房用具、卡拉OK设备等，其价值和装修费用达70万元，装修后的店，是个中档饭店。

与此同时，他四处张贴招租广告，在不到 20 天的时间里，有 10 多位有意者前来洽谈，最终，他以 140 万元的价格转租出去。这样，在短短的 45 天之内，他通过自己做的"芝麻糖"，净赚 30 万元。

## 心得便利贴

智者博弈，步步连环，招中有招。生活中也是如此，先置之死地而后生，剑走偏锋，合理运用时间差，积极调动各方面力量，赚取数十倍利润于股掌，堪称经典投资教材。

# 天价广告牌

莫 愁

　　这是一家规模很小的食品公司，生产一种辣酱，注册资金只有几十万元。但老总很有信心，在单位的文化墙上写着要做这座城市第一品牌的壮语。

　　辣酱上市之前，老总寻思着给辣酱做宣传。他本想在这个城市的某一个地方做一个超大的、显眼的广告牌，宣传他的产品，让所有从这走过的人一下子就能注意到它，并从此认识他们的辣酱。

　　但是当他和广告公司接触之后，才发现市中心广告位的价格远远地超出了他的想象。他小小的企业承担不起这天价的广告费。

　　可是他并没有失望，而是不停地寻找，试图能发掘出既便宜又很显眼的广告位置。

　　经过反复的寻找，他终于看好了一个城门的路口的广告牌。那里是一个十字路口。车辆川流不息，但路人走得很快，眼睛只顾盯着红绿灯和疾驰的车，在这里做广告牌很难保证有多好的效果。打探了一下价格，一年只要几万元，他很满意，于是就租了下来。

对于老总这个想法，员工们纷纷提出疑问，但老总却笑而不答，仿佛一切很有把握。旧的广告牌很快就被摘了下来，员工们以为第二天就能看到他们的辣酱广告牌了。然而，第二天，员工们看到广告牌根本不是他们的辣酱广告牌，只见上面写着：好位置，当然只等贵客。此广告牌招租88万元/年！！！

天哪，这样的价格该是这座城市最贵的广告牌位了吧！天价的广告牌让从这里路过的人都不自觉地停住脚步看上一眼，人们互相传说，渐渐地，很多人都知道这个十字路口上有个贵得离谱的广告牌位，甚至引起了当地媒体的极大关注……

一个月后"爽口"牌辣酱广告写到上面了，辣酱的市场被迅速打开了。因为那"88万元/年"的广告牌价位早已家喻户晓。"爽口"牌辣酱成了这座城市的知名品牌。

老总把单位文化墙上原先的口号擦掉了，换成了"要做中国辣酱的第一品牌"的口号。一位员工问他："我们还不是这个城市的第一品牌，为什么要换成做中国的第一品牌呢？"

老总意味深长地说："价值只有在流通中才能得以体现，但价值的标尺却永远在别人的手中。别人永远不会赋予你理想的价值，但你必须自己主动去做一块招牌，适当地放大自己的价值！"

## 心得便利贴

任何事物的价值都不是一成不变的。广告固然可以放大一些价值，提高产品知名度，但是收效甚微，文中的老总，运用智慧先放大广告，再放大品牌，这充分说明在智者眼中，一加一永远大于二。

# 成功就是成为最小笨蛋

安　东

　　一位推销员从总公司被派到欧洲分公司，他报到的时候，带来了公司 CEO 写给分公司总经理的一张字条："此人才华出众，但是嗜赌如命，如你能令他戒赌，他会成为一名百里挑一的出色推销员。"

　　总经理看完纸条，马上把这位推销员叫到自己的办公室，"听说你很喜欢赌，这次你想赌什么？"

　　推销员回答："什么都赌，比如，我敢说你左边的屁股上有一颗胎痣。假如没有，我输你 500 美元。"

　　这位总经理一听大叫道："好。你把钱拿出来！"

　　接着，他十分利索地脱掉裤子，让那位推销员仔细检查了一遍，证明并无胎痣，然后把推销员的钱收了起来。事后，他拨通了 CEO 的电话，扬扬得意地告诉他说："你知道吗？那位推销员被我整治了一下。"

　　"怎么回事？"

　　于是总经理把事情的经过讲了一遍。CEO 叹了口气回答说："他出发到你那里之前，同我赌 1000 美金，说在见到你的 5 分钟之内，一定能让你把屁股给他看。"

停了一会儿，CEO 又说："不过，我和董事长打赌 5000 美元，说你会让这个推销员参观你的屁股。"

在这场环环相扣的博弈中，每个人都很聪明，但每个人又都是笨蛋，因为他们在把别人当作筹码的同时，又成为别人赌局中的一个筹码。但是笨蛋又有大小之分，整场博弈中的最大赢家，实际上不过是损失最小的那个笨蛋而已。

## 心得便利贴

人生就像是一个大赌局，每一次选择都是用时间与生命在下赌注。成功与失败并非偶然，从生活中寻找规律，细心观察，才能让自己拥有无穷的智慧。"成功就是成为最小笨蛋"，对于生活在充满各种博弈的现代社会中的我们，这无疑是一个最好的忠告。

# 脚比路长

褚振江

　　古老的阿拉比国坐落在大漠深处，多年的风沙肆虐，使城堡变得满目疮痍，国王对四个王子说，他打算将国都迁往据说美丽而富饶的卡伦。

　　卡伦距这里很远很远，要翻过许多崇山峻岭，要穿过草地、沼泽，还要涉过很多的江河，但究竟有多远，没有人知道。

　　于是，国王决定让四个儿子分头前往探路。

　　大王子乘车走了7天，翻过三座大山，来到一望无际的草地边。一问当地人，得知过了草地，还要过沼泽、大河、雪山……便掉转马头往回走。

　　二王子策马穿过了一片沼泽后，被那条宽阔的大河挡了回去。

　　三王子漂过了两条大河，却被又一片辽远的大漠吓退返回。

　　一个月后，三个王子陆陆续续回到了国王那里，将各自沿途所见报告给国王，并都再三特别强调，他们在路上问过很多人，都告诉他们去卡伦的路很远很远。

又过了 5 天，小王子风尘仆仆地回来了，他兴奋地报告父亲——到卡伦只需要 18 天的路程。

国王满意地笑着说："孩子，你说得很对，其实我早就去过卡伦。"

几个王子不解地望着国王，"那为什么还要派我们去探路？"

国王一脸郑重道："那是因为我只想告诉你们四个字——脚比路长。"

是的，脚比路长，远方无论多远，只怕没有追寻的双足抵达。人生亦是如此，我们不怕目标的高远，只怕没有追寻的勇气、热情、执着……只要心头时时燃烧着坚定的信念，一往无前地前行，就会惊讶地发现——很多所谓的远方，其实真的并不遥远。

## 心得便利贴

不要被远处的目标吓倒，看上去遥不可及的地方也总有到达的一天，重要的是保持向着目标一直走下去的坚定信念。认真走好脚下的路，一步一个脚印地向着目标坚定前行，就没有到达不了的彼岸。

# 为真诚喝彩

姜殿舟

　　上帝看到世间人们的生活水平很低，而且常常是食不果腹、衣不蔽体，于是，他想在人世间寻找一个人并赐予他厚重的财富，同时让他去接济那些穷人。经过层层挑选，最终确定了两个能力比较强而且比较受人们尊敬的年轻人布朗和罗丹。但是，这些财富只能给其中一个人。于是，上帝又对这两个人进行了最后的考验。上帝给每个人一只钵，让他们去一富户人家要饭，然后用要来的饭去救济穷人。两个人接受任务后，都去富人家要饭。不同的是，布朗用剪刀将自己的衣服剪断，并抹上泥巴，头发也搞得乱乱的，俨然是一个乞丐。这样，他要来了钱，并去救济那些穷人。而罗丹则依旧穿着他的那身衣服去要饭。来到富人家，他说明了来意。富人也给了他一些钱。这样他也完成了任务。一天后，两个人都高兴而归。然而，上帝对两个人说："一个人最要紧的品德是他能否用真诚的心去面对他所要面临的困难。你们两个人虽然都完成了任务，但是，布朗却欺骗了那户人家，而罗丹则以他的真诚取得了富人的同情并圆满地完成了任务。所以，这笔财富只能给罗丹了。"

有一位官员因触怒了皇帝，被贬回家，整日伤心落泪。一天，他来到了小河旁。忽然，他发现在小河两侧的芦苇里有一群漂亮的仙鹤在玩耍，于是他慢慢地走到这群鸟的跟前去观看。开始的时候，这些仙鹤很害怕，不敢与他接近，但时间长了，仙鹤发现这位老人不伤害它们，便渐渐地乐意和这个慈祥的老人接触了。后来，这些仙鹤与这位老人熟识了，只要他来到小河旁，几十只甚至几百只仙鹤便会自动地向他奔跑过来。而老人的心情也一天天好了起来。

真诚是做人与处世的一条基本原则。罗丹因自己的真诚，取得了上帝的认可，并最终得到了真诚的报偿；被贬官员用自己的诚心换取了几十只甚至上百只仙鹤的信任，并最终使自己能够开开心心地从忧郁中解脱出来。

看来，真诚的魅力是如此巨大，不仅仅现实中的人会因其而取得意料之外的惊喜，就连那些没有理性思维的动物也为真诚所感动。然而，我们在想到真诚的同时，首先应学会奉献自己一片真诚的心。请交出真诚吧！因为真诚，我们才能取得别人的信赖和信任；因为真诚，我们才可以收获一份意外的惊喜；因为真诚，我们才可以走出人生的不如意；因为真诚，我们才可以成为真正的智者。

**心得便利贴**

将心比心，把真诚奉献出来，消除人世间的不信任与怀疑，还生活一个纯净的空间。让我们打破人与人之间无形的隔阂，为真诚喝彩，呼吸生命中最清新的空气，让世界充满信任与爱。

# 烈 马

陈 默

约尼是个精明的牛仔，他靠着一匹烈马，以一搏十，很快成了巨富。这天，他牵着烈马来到一个小镇，刚刚圈好驯马场，看热闹的人就围了上来。

1000美元赌一次，骑上马背就赢一万美元。三个小伙子先后出场，头一个被烈马踢伤了脚，第二个被烈马踢伤了胳膊，第三个幸亏闪得快，要不脑袋早给踢飞了。不到一小时，约尼就赢了3000美元。就在他扬扬得意时，一个老头儿挤了进来，给了他一张一万美元的支票。约尼吃了一惊，将信将疑地把马鞭递过去。老头儿摇摇头，空手走出了围栏。三分钟后，他端着装草料的簸箕，重新走进围栏。烈马瞪着警惕的双眼，不停地嘶鸣，四蹄刨得尘土飞扬。观众都替老头儿捏了一把汗。老头儿抓起一把草料，轻声唤着，朝烈马走了过去。

奇迹出现了，烈马竟然十分安静地低下头嚼起草料来。老头轻拍马背，纵身一跃，矮小的身躯像燕子一样轻盈地飞了上去。四周响起热烈的掌声。

约尼惊呆了，他不相信地喊道："不！不！"

约尼沮丧地把一张 10 万美元的支票递给了老头儿，并问道："你究竟用什么方法征服了我这匹烈马?"

老头儿淡淡一笑："很简单，你用暴力制造了它对人的不信任，我用三个晚上让它对我产生信任。当然，这一切都是背着你进行的。"

## 心得便利贴

信任是人与人交往的基础，在建立信任的过程中，暴力、强制都不是最佳的手段。信任是相互的，要想获得信任，就要付出真心，因为真诚才是信任的前提。

# 弯腰的哲学

鲁先圣

　　孟买佛学院是印度最著名的佛学院之一，这所佛学院之所以著名，除了建院历史久远、辉煌的建筑和培养出了许多著名的学者以外，还有一个特点是其他佛学院所没有的。这是一个极其微小的细节，但是，所有进入这里的人再出来的时候，几乎无一例外地承认，正是这个细节使他们顿悟，正是这个细节让他们受益无穷。

　　这是一个很简单的细节，只是我们都没有在意：孟买佛学院在它的正门一侧，又开了一扇小门，这扇小门只有 1.5 米高、40 厘米宽，一个成年人要想过去必须学会弯腰侧身，不然就只能碰壁了。

　　这正是孟买佛学院给它的学生们上的第一堂课。所有新来的人，教师都会引导他到这扇小门旁，让他进出一次。很显然，所有的人都是弯腰侧身进出的，尽管有失礼仪和风度，但是却达到了目的。教师说，大门当然出入方便，而且能够让一个人很体面很有风度地出入。但是，有很多时候，我们要出入的地方并不都是有着壮观的大门的，

或者，有的大门也不是随便可以出入的。这个时候，只有学会了弯腰和侧身的人，只有暂时放下尊贵和体面的人，才能够出入。否则，有很多时候，你就只能被挡在院墙之外了。

佛学院的教师告诉他们的学生，佛家的哲学就在这扇小门里，人生的哲学也在这扇小门里。人生之路，尤其是通向成功的路上，几乎是没有宽阔的大门的，所有的门都需要弯腰侧身才可以进去。

## 心得便利贴

人生贵在能屈能伸。根据自身所处的环境作出相应的改变，遇到任何困难都坚强地面对，不要因为困难的强大而退缩。只有做到外圆内方，方能纵横于变化的社会，获得更好的发展空间。

# 学会驾驭聪明

崔修建

20 世纪 80 年代初期，一位年轻人从国外买了一台摄像机，想做摄像服务生意。但当时拥有放像机的家庭寥寥无几，他的生意很自然不会景气。

那么，等放像机普及的时候再做这项生意吗？

也不行。因为到那时，摄像机的拥有量也肯定猛增，搞这方面服务的一定不会少的。

难道真的没什么文章可做？年轻人冥思苦想了多日，还是没找到发财的路子。

这一天，他从一家幼儿园门前经过，眼前载歌载舞、活泼可爱的孩子们让他骤然灵感迸发。他转身跑回家中，扛来摄像机，在人们惊讶和不解的目光中，为幼儿园的许多小朋友进行免费摄像，分文不取，每人还赠给一张照片，他唯一的要求是记录下每个被摄像的小朋友详细的家庭通信地址。

他还把这项业务扩大到周边的市县，结果他积攒了整整两个房间的录像带，并为此欠下数千元的债务而受到家人的抱怨和别人的嘲

讽，他们都说他简直是傻透了。可他毫不在意，像个大财主似的，精心地保管着每一盘做了编号的录像带。

十几年后，当年幼儿园的小朋友都已长大成人，他们家中也大都添置了摄像机和放像机，可是美丽的童年却无法追回了。这时，他开始出售当年的录像带，价格自然不菲，但购者踊跃，因为许多人都想看看录像，渴望重温昔日那些美好、难忘的时光。

毫无疑问，他因此赚了一大笔钱。

当有人羡慕地夸赞他有商业头脑时，他笑着摇头道："仅仅靠头脑聪明是不够的。"

细思量，年轻人的话没错。他的成功，固然离不开他智慧的点子，但在整个运作过程中所表现出的诸多优秀品质，如视野开阔、敢冒风险、勇于付出、耐住长时间寂寞等待……这些优秀的品质，无疑都是成功的充分保证。

## 心得便利贴

聪明固然是优秀的品质，但是仅仅聪明还不够，正如大家都知道番茄非常好吃，但是仅有番茄却不能做成美味佳肴。所以要想成功还需要具备更多优秀品质才可以驾驭聪明，诸如自信、坚毅、果断……

# Chapter 3

# 第三章

# 心中的清凉

　　让我们在每一面镜子前驻足，认清自己脸上刻着的那个清晰的字。让我们深深怜惜那些被这个字穷追不舍的可怜的人。让更多的人一抬手就能轻易得到自己心中无尽的清凉。

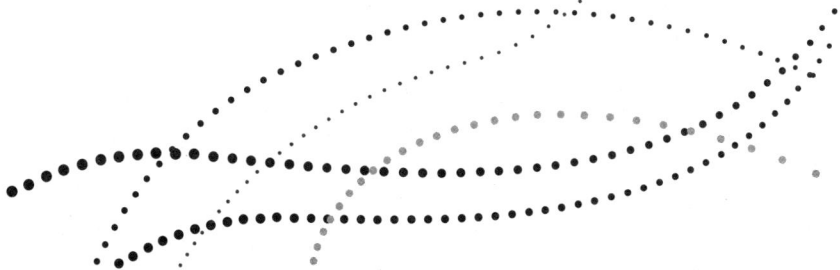

# 左手写爱

张 翔

有一个新认识的朋友，他很阳光，喜欢各种娱乐和运动，尤其喜欢打篮球。

他打篮球的方式很奇特，总用左手运球，居然能用单手在人群阻挡中准确地上篮。他的动作一气呵成，总让我们倍感惊喜。其实，他这样做的原因并不是出于卖弄球技，而仅仅是因为——他只有一只手，一只神奇的左手。这只神奇的左手能打一手好球，写一手好字，甚至能在钢琴上弹奏出动听的歌曲。

而更让我敬佩的，是他对生活乐观的态度和健康的心态。他身上总弥散着一股阳光的味道，他的言语总是那样亲切和轻松，他会跟每一个用诧异的眼神打量他的人挥手，他有一个漂亮的女朋友，他工作努力，与同事朋友的关系融洽，与客户的交流愉悦，他甚至常常得到老总的嘉奖……他是那种能让你忘记他是有缺陷的人。见过许多因为身体残疾心理也一同"残疾"的人，所以一直不理解他的"健康"，无法理解他用一只左手支撑起这样完美人生的根源。直到有一天，见到了他的家人，我才醒悟。

那天，我和一个朋友去看他，他的父母非常热情，邀请我们留下吃饭。

他家的院子很大而且整洁干净。爷爷奶奶年事已高，看上去都还很健康，他的父母亦显年轻，家里的电视机播放着欢快的文艺节目，很有其乐融融的家庭氛围，而且他们一家人都很热情，谈起他的时候，言语之中总透露着无尽的温情、爱意与骄傲。

聊了半个钟头之后，晚餐准备好了，大家就围坐在桌前，品尝起他母亲做的美味佳肴。而就在大家执筷的时候，我忽然发现这么一大家子人，居然同时用左手握筷，在那一瞬间，我甚至怀疑是自己的视觉出了问题，我和同去的朋友都迟疑起来。

这时，朋友冲我笑了笑，提醒我一切都很正常。于是我才用右手夹起了一块鱼……

晚餐过后，在院子里聊天的时候，我握着他的左手笑着说："我终于明白为什么你的左手这么神奇了，原来你们一家人都是左撇子啊！他们赋予你太强的天赋了！"

听我这样一说，他哈哈大笑起来："你想错了，我们家天生的左撇子只有我一个，在我出生之前，他们都用右手做事，而从我出生之后，他们才都成了左撇子。"

我不解："那为什么最后都成了左撇子呢？"

他说："在我懂事之前，我一直都以为大家都是用左手生活的，因为我的家人都用左手做事情，后来我才知道，其实大多数人都在用右手做事情。而家人为了让我能习惯用仅有的左手生活，也统一用起了左手，用左手关灯、洗脸、拿筷子……父亲甚至把门的把手都调换了方向……慢慢地，他们都和我一样成了左撇子……"

那一刻，感动如潮水般涌上心头，我从来都没有想象过，这个世界原来还有这样整齐、真挚而细致的爱，一家人为了给残疾的亲人一个平和而正常

的环境，一齐改掉了各自坚持了几十年的习惯。我完全可以想象，在他年幼时用左手第一次笨拙地操起筷子，夹起一片菜叶之前，他的家人们也正同样笨拙地、用左手反复练习那个动作，直至成为习惯。这样的习惯与爱伴随着他，与他一起成长。为了让他健康和乐观地生活，他们把所有的爱，全部写在了左手上。

### 心得便利贴

　　"左手"的爱改变了残疾孩子的一生，给了他乐观向上的心态。当爱成为一种习惯时，平凡人的努力，也能创造奇迹。大爱无疆，亲情无限，用心体味爱，爱就会点亮我们的生活。

# 败者的起点

许海维

在一次别开生面的人才招聘会上，A 君以其绝对的实力闯过了五关，不知最后一关会是什么。A 君在揣摩着。而另一位同是某名牌大学毕业的 B 君则有两关是勉强通过的。

此时，他们都在等待着第六关考题的公布，这将是对于他们的一次宣判，因为两个当中只能选一个。

A 君入选是无疑的了，大家都向他投去赞赏的目光。

主持者在片刻的有些令人窒息的"冷场"之后开始宣布：A 君被录取，B 君另谋高就。宣布完后，A 君兴奋地站起来，抑制不住心中的激动之情，带头为自己鼓掌。

这时，B 君不卑不亢地起身微笑着说："哦，正可谓人各有志，不可强求，选择人才是择优录取，更何况每个单位都有它用人的标准和尺度，每个人也会有自己适合的位置。好了，再见。"

"B 先生请留步！"主持者面带欣喜，起身走向 B 君，"B 先生，你被录取了。"

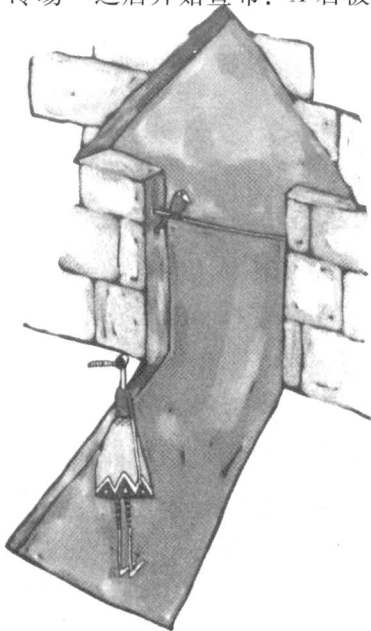

接着，主持者向大会郑重宣布：成功与失败本是两个相互依存的概念，是相对而存在的，该是平等的，如果把任何一方看得过重，这个天平就要失衡。在这个世上生存或是发展，不能只羡慕成功者的辉煌，还要能镇定自若地面对失败。因为，每一个成功者实际上是以许多人的失败为起点的，连在起点上都坚持不住的人，何谈以后的漫漫长路呢！

全场响起热烈的掌声。

此时我们都该和 A 君一样，知道我们所面临的第六个问题了吧。

## 心得便利贴

人们往往能欣然面对成功，却不能坦然面对失败。其实，失败并不是终点，而是走向成功的起点，没有坎坷哪知坦途的平稳；没有失败怎能感受到成功的喜悦？

# 心中的清凉

张丽钧

一条渡船，上面载满了急切到对岸去的人。船夫撑起了竹篙，船就要离岸了。这时候，有个佩刀的武夫对着船家大喊："停船！我要过河！"船上的客人都说："船已开行，不可回头。"船夫不愿拂逆众人的心，遂好生劝慰武夫道："且耐心等下一趟吧。"但船上有个出家的师父却说："船离岸还不远，为他行个方便，回头载他吧。"船夫看说情的是一位出家人，便掉转船头去载那位武夫。武夫上得船来，看身边端坐着一位出家的师父，顺手拿起鞭子抽了他一下，骂道："和尚，快起来，给我让座！"师父的头被抽得淌下血来。师父揩着那血水，却不与他分辩，默默起身，将座位让给了他，满船的人见此情景，煞是惊诧。大家窃窃议论，说这位禅师好心让船夫回头载他，实不该遭此鞭打。武夫闻听此言，知道自己错打了人，却不肯认错。待到船靠了岸，师父一言不发，到水边洗净血污。武夫看到师父如此安详的神态举止，愧怍顿由心生。他上前跪在水边，忏悔地说："师父，对不起。"师父应答道："不要紧，外出的人心情总不太好。"

讲这故事的人是这样评价这件事的：禅师如此的涵养，来自视"众生皆苦"的慈悲之心。在禅师看来，武夫心里比自己苦多了。不要说座位，只想把心中的清凉也一并给了他。

我听完这个故事后长久发呆。我轻抚着自己的心，悄然自问：这里面，究竟有几多"清凉"？

　　和那位拥有着"沉静的力量"的师父比起来，我是近乎饶舌的。现实的鞭子还没有抽打到我的身上，我已经开始喋喋地倾诉幽怨了。我不懂得有一种隐忍其实是蕴蓄力量，我不懂得有一种静默其实是惊天的告白。我的心，有太多远离清凉的时刻。面对误解，面对辜负，面对欺瞒，面对伤害，我的心燃起痛苦仇怨的火焰，烧灼着那令我无比憎恶的丑恶，也烧灼着我自己颤抖不已的生命。我曾天真地以为，这样的烧灼过后，我的眼前将迎来一片悦目的青葱。但是，我错了。我看到了火舌舐舐过的丑恶又变本加厉地朝我反扑，我也看到了自己"过火"的生命伤痕累累，不堪其苦。总能感到有一道无形的鞭影在我的头顶罗织罪名，总是先于伤口体会到头破血流时的无限痛楚。我漂泊的船何时靠岸？洗净我满头血污的河流又在何方？

　　当我和这位禅师在一本书里相遇时，曾忍不住抚着纸页痴痴地对他讲：因为怜恤，所以，你不允那人独自滞留岸上；遭遇毒打时，你因窥见了那人焚烧自我生命的满腔怒火而万分焦灼；当那人跪下向你忏悔，你原谅了他，还真心地为他开脱——你的心中，究竟储备着多少清凉？面对你丰富的拥有与无私的施予，我一颗寒酸寒苦的心，感动得轻颤起来。

　　几年前在一个寺院，一位师父告诉我说："一照镜子，你就读到了一个字。"愚钝的我傻傻地问道："那是个什么字呢？"师父在自己的双眉上画了一横，又在两眼上各画了一下，然后，在鼻

子上打了一个十字，末了，又指指自己的嘴，问："猜着了吗？"我懵懵懂懂地说："没……有。"师父说："哦，猜不着才好。猜不着，你有福了。"说完，径自去了。我急匆匆地问同行的伙伴："到底是个什么字啊？"伙伴说："是个'苦'字哦。"

——原来，我们带着一个"苦"字来到尘世间。你是苦的，我是苦的，众生皆是苦的。

惊悸的心，枯涩的心，猜疑的心，怨怼的心，愤怒的心，仇恨的心，残忍的心，暴虐的心……这些心，全都淤塞着太多太多的苦。被苦主宰着的心远离春天，远离自由。当我们宣泄内心的苦的时候，这苦最先蜇伤的，往往是我们自己。就像那个高举鞭子的武夫，鞭子未及落下，自己的灵魂已皮开肉绽。说到底，无非就是这样一个道理——虐人亦即自虐，爱人亦即自爱。

让我们在每一面镜子前驻足，认清自己脸上刻着的那个清晰的字。让我们深深怜惜那些被这个字穷追不舍的可怜的人。让更多的人一抬手就能轻易得到自己心中无尽的清凉。

**心得便利贴**

　　心中的清凉，是给久已疲惫的心一缕馥郁的芬芳，芳香了整个心房；是给躁动不安的心一阵清爽的和风，拂去了心中的燥热。我们应时时拂拭蒙尘的心灵，让明媚的阳光能够穿过晶莹的心，反射出七色的闪光。

# 生命的节日

季栋梁

那个 7 月已经远去了。然而，它已经成为我生命的节日。

7 月为我们设了一个赌场。

关于 7 月，我们有多种称呼，有叫鲤鱼跳龙门的，有叫黑色节日的，有叫赌徒之约的……总之，对于莘莘学子来说，7 月，意义重大，是人生一个非常重要的坐标。许多人因为这样一个坐标，将彻底改变自己人生的轨迹。尤其是我们，生活在西海固这片贫瘠的土地上，7 月真正是一个鲤鱼跳龙门的日子。

一进入 7 月，一种赌徒的感觉袭击了我。我就如同一个把所有赌资都押上的赌徒，等待着开牌。那种痛苦就像一朵含苞待放的花蕾渴望着太阳和雨水的滋润，尤其像我这样的赌徒已经不止一次在 7 月输到山穷水尽的地步。更让我感到痛苦与恐惧的是在我所有的 7 月中，父亲也经历着同样的甚至更深的折磨。

一年一度输赢揭晓的日子如约而来。和许多父亲一样，我的父亲在一大早将我叫起来。他没有言语，只是用那种目光笼罩着我。这目光凝滞而沉重，仿佛将我置于一潭黏稠的汁液中，使我喘不过气来。父亲从他贴胸的衣袋里摸出 10 元钱来，在他递给我钱的时候，有些迟钝，手有些颤抖。而我接过那带着父亲体温与汗香的 10 元钱时，手颤抖得更加厉害，我努力想表现得自信一点。结果越是要表现得自信，手就越发地颤抖，像深秋里的树叶一样，以至于连我的身体也抖起来。我是逃遁似的离开了那双眼睛。虽然我知道那双眼睛是善良的仁慈的宽厚的，但我内心无法排除对这双眼睛的恐惧——我再也输不起了。

我一步一步走向学校，内心的恐惧正在加剧。经过村庙的时候，我不由得走来走去，跪在了那泥像前，我想没有人比我更加虔诚，没有人比我叩的头更响。

第一年的7月，好容易挨到了"开牌"的日子，父亲递给我10元钱对我说如果中了，就打10元钱的酒回来，没有中，别糟蹋钱。父亲的话总是这样的直接。可因为仅仅差了两分我没有给父亲打上酒，我带着家人渴望花掉的10元钱回来了。父亲没有责备我，然而他越是不责备我，我内心的痛苦就越沉重。到了新学期开学的时候，父亲对我说再去念吧，差两分一年咋都弄够了，我那时候在生产队哪一年不比别人多挣个三五百工分？我无法对父亲讲学习和劳动的不同。我只有努力学习。

第二年7月的"开牌"，我输了12分。当我再次把钱放在父亲面前的时候，父亲火了。他对着我吼道："狗日的鼻涕淌到眼窝里——倒来了。你给我回来打牛屁股去，老子没有钱供你享福。"

是的，在家乡那样苦的地方，谁不认为读书就是享受呢？我想对父亲说如果读书真正可以叫作享受的话，那么我宁愿受苦。可是我说不出那样的话来。父亲一辈子好强，他是多么希望家里能养出个读书人啊。然而，我们弟兄们硬是个个不争气，大哥二哥相继种了田，希望便寄托在我的身

上，可我偏偏如此没出息。

我期待着新学期开学，可是又怕这个日子到来。然而，日子并不因为我的内心矛盾而推迟。开学了，父亲说读！父亲依然没有多余的话。可那个字像石头一样，把地能砸出个坑来。他亲自送我到四十余里以外的乡里上学。父亲走在我的前面，拉着驴，驴驮着我的铺盖。他的步履显得有些疲劳，甚至是麻木，那已经驼了的背越发弓得厉害，仿佛背负的东西越来越多了，非要这样把背弓起来似的。他已经是年过花甲之人，应该歇息享福了。

看着父亲的背影，我忽然失去了赌的欲望，我为什么要继续赌下去呢？怎样不是活一辈子呢？我的朋友、我的同学不都输得精光回来了吗？我鼓足勇气说："爹，算了，我不念了。"父亲回过头来看看我，他的目光里不再有那种凝重，反而凶恶起来，仿佛被激怒的老虎，一甩手，鞭子狠狠地抽在我的脸上。之后便默默无言，继续走自己的路了。我的脸火辣辣的，可是我的心里却踏实了，我想至少父亲对我发怒了。

第三年的7月，不争气的我又输了，我捏着那10元钱在一个山梁上坐了许久，最后我一狠心走进了供销社，打了10元钱的酒。当我看着那晶莹的液体带着浓烈的芳香汩汩地流进瓶子，我的眼泪却出来了。我顺着小路往回走，22岁的身体却感到了从未有过的沉重与疲惫。

在与村子相对的山梁上，我远远地就看见父亲像一只老鹰，圪蹴在大门口，他手里长长的烟锅不停地喷出烟来，像一列钻出隧道的火车。父亲站了起来，他

伸了一个非常舒展的懒腰，身体像蜷缩了一个冬天的花朵尽情地舒展开来，两只长长的胳膊伸了伸，还上下起伏了几下，那是一种飞翔的姿势呀！父亲真像一只要飞起来的老鹰。我想我手中的酒瓶在夕阳的余晖里一定放射出耀眼的光芒，这光芒一定照亮了父亲的眼睛，父亲一定闻到了代表着喜庆与快乐的酒香。

在父亲的注视下走完一段上坡下坡的路，我感到浑身不自在，两条腿仿佛给什么绊着一般，不足一里路，我却走了十几分钟，走出一身大汗来。刚刚走到大门口，父亲就对着院子喊："红红，快把凉水给你哥哥端出来。端上两大碗！"

我再也忍不住郁结的悲伤，一放声就哭了出来。两腿再也支撑不住，"扑通"一声坐在地上。我说我没考上！

父亲一扬手里的长烟锅，打在那瓶酒上，酒瓶碎得十分彻底，酒像月光一样洒了一地，醇烈的酒香弥漫开来。

妹妹正端着水出来，由于惊吓，碗掉在地上碎了。

父亲一转身走向了山顶。夕阳将父亲的身影扯得很长。我默默地跟在父亲的身后，我想父亲会转过身来给我一烟锅、两烟锅……甚至更多，我渴望这样。然而，父亲没有。到了山顶，父亲又装了一锅烟，吸了一锅又一锅，最后父亲说做官中状元都是出在祖坟里，咱坟里没埋下。

我对父亲说："爹，你再给我一年时间！"

父亲抬起头看看没说什么，他只是抽着烟凝望着天空。

开学了，父亲再次拉着驴驮着铺盖送我上学，一路上我们没有说一句话，可是我却听到了更多的语言无法表达的话语。父亲走在我的前面，他的背驼得越发厉害了，让我想起门台上那棵旱了多年的弯脖榆树来。我的泪一直流到了学校。

后来，我终于用那 10 元钱打回酒来了，那是一种非常廉价的散酒，用黑缸盛着，有一斤的勺子，有半斤的勺子。因此买那种酒叫打。可是

即使再廉价它也是酒啊。它代表着喜庆与欢乐，它就是节日。除非过年婚娶能喝到酒外，平时是很难喝到酒的。用家乡人的话说酒是有闲钱的人喝的。家乡人没有闲钱。家乡人的钱比家乡人还忙。

父亲醉了，把我也弄得醉意蒙眬，他拉着我的手直叫我兄弟。这让我想起他拉着我家的那头老牛叫兄弟的情景。我想我不是个好儿子，我让他跟着我受了四年的折磨，如果我第一年就考上，我的父亲或许不会醉成这个样子，更不会喊我兄弟的。父亲要为我举办村子里最丰盛的宴席，我说算了，这几年把家里拖累了。可父亲说这是啥事，这事能轻易过去！这是咱祖祖辈辈最大的节日，砸锅卖铁也得过大了。

从考上大学到毕业后工作，我一直奔波于尘世之中，往来于凡俗之间，忙着娶妻生子，忙着房子、儿子、票子以及多彩的人情礼仪，几乎挤不出什么闲钱来买名贵的酒。后来我终于挤出点闲钱来买了上好的酒，送回乡下。可是当父亲听说这酒一瓶就四百多元时，说酒没有贵贱，只有心情有贵贱。我点点头，父亲没有文化，更不是哲人，可是他说出的话常常让我思考许久许久……

那瓶酒至今还放在家里的枣木柜中，因为父亲觉得自己喝没意思，拿出来招待人却又觉得太奢侈。

心得便利贴 --------------------

能够走出失败的阴影，走进成功之门的人，定会赢得一个美好的人生，而那些记忆中的遗憾、失落、迷茫与痛苦都将成为一个人一生中最重要的生命节日。

# 福特的"吝啬"

崔修建

迈克是纽约一家小报的普通记者。一个周末，他在一家不大的酒店里看见几位身份显赫的企业家从一个房间里走出来，其中一位是福特。福特手里拿着一张账单走向服务生，微笑道："小伙子，你看看是不是有一点儿误差？"

服务生很自信地回答："没有啊。"

"你再仔细算一算。"福特宴请的几位企业家已朝门口走去，他却很有耐心地站在柜台前。

看着福特认真的样子，服务生不以为然道："是的，因为零钱准备得很少，我多收了您 50 美分，但我认为像您这样富有的人是不会在意的。"

"恰恰相反，我非常在意。"福特坚决地纠正道。

服务生只得低头凑够了 50 美分，递到一脸坦然的福特手中。

看着福特快步离去的背影，年轻的服务生低声嘀咕道："真是小气，连 50 美分也这么看重。"

"不，小伙了，你说错了，他绝对是一个慷慨的人。"目睹了刚才那幕情景的迈克不由自主地站起来，"他刚刚向慈善机构一次捐出了 5000 万美元的善款。"迈克拿出一张两周前的报纸，将上面的一则报道指给服务生看。

服务生不明白："既然如此，福特为何还要当着那么多朋友的面，去计较那区区的 50 美分？

"他懂得认真地对待属于自己的每一分钱，懂得取回属于自己的 50 美分和慷慨捐赠出 5000 万美元，是同样值得重视的。"就在福特这一看似不经意的小事中，迈克忽然领悟到了自己渴望已久的成功经验，那就是——没有理由不认真地对待眼前的每一件事，无论它是多么重大还是多么微小。

后来，经过多年艰苦的打拼，迈克成为美国报界的名家，而那位服务生也成了芝加哥一家五星级酒店的老板。

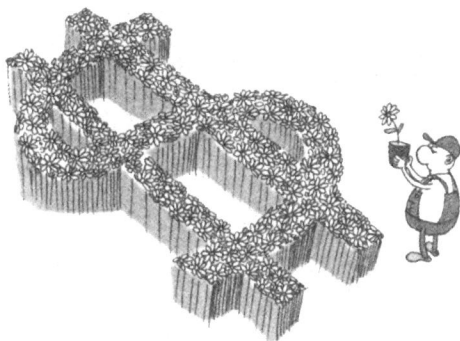

💡 **心得便利贴**

不论是精神财富还是物质财富的积聚，都是从认真对待眼前的每一件事开始的。正所谓"不积跬步，无以致千里"。大海是由涓涓细流汇聚而成的，成功也要靠不断积累经验，勤奋努力才能实现。

# 弱者的生存智慧

陆勇强

蜥蜴太弱小了，几乎比它大的动物都是它的天敌。但，它却在地球上生存了上万年。蜥蜴的生存之道无非是两个字：适应。它可以随环境变化不断地变换自己的肤色，在黄土地上，它的颜色是黄褐色的；在草丛中，它的颜色则是绿色的……能够变色的蜥蜴常常让它逃过一次又一次的生命劫难。

在经济学上，有一种"蜥蜴"哲学。这是一位经济学教授给我们上课时说的。他说，在多变的经济环境中，为什么小企业的盈利点要比大企业高？原因就在于小企业更具有适应性，它可以随时调整自己的产业结构。教授称之为小企业的蜥蜴化生存之道。

如果把经济学上的道理推及生活，我们仍然能够从中体味出人生有时候也需要掌握一点儿蜥蜴的生存哲学。

往往是这样，一个强者总是千方百计维护自己强者的面目，而不甘以弱者的姿态出现。有位企业家，他的工厂一直是市里的明星企业。五年前快到年

末的时候，企业家却自杀了。这是一个令人猝不及防的消息，而调查结果更出乎意料之外。企业每到年末都要给职工发放奖金，在全市的工厂中，他的工厂发给职工的奖金每年都是最高的。但那一年，因为财务管理上出现了问题，工厂拿不出一分钱的奖金。在强大的心理压力下，他愚蠢地选择了自杀。

强者的悲哀也许就在这里，他无法像蜥蜴那样变换自己的皮肤。其实，这有什么呢，退一步，妥协一下，毕竟来日方长。

这个世界的生存法则是物竞天择，适者生存，而非强者生存。恐龙高大，但它却在地球上离奇地绝迹了。相对于强者来说，弱者有更多的选择和妥协，因为懂得适应，他们就有更多的生存机会。

美国通用公司总裁杰克·韦尔奇说：这个世界是属于弱者的，因为弱者最懂得适应。

也许真是如此。

**心得便利贴**

"物竞天择，适者生存"，达尔文的进化论所展示的不仅是自然界的生存法则，用在人类社会，同样颠扑不破。弱者之所以也能在弱肉强食的社会生存，是因为他们懂得适应；而强者往往在一次重大失败后就一蹶不振，是因为经受不住打击。从这个角度来看，弱者才是生存哲学中的"强者"。

# 比尔·盖茨为什么成为首富

澜　涛

一家报纸举办一个有奖问答活动，问题只有一个：比尔·盖茨为什么成为世界首富？应征答案雪片般飞来，可谓千奇百怪。最后获得大奖的是一个刚刚大学毕业，参加工作不久的年轻人。

年轻人的答案很简单：比尔·盖茨的成功是因为他没做很多事情。年轻人为他的答案给出这样的理由："我的答案缘于我的一段经历。即将大学毕业时，因为我的学习成绩比较优异吧，很多公司都有意聘请我。其中有一家房地产公司给出的高薪让我不能不心动，毕竟我刚刚大学毕业，稳定而又富足的收入是我稳步生活和发展的必要；而一个朋友希望我能够和他共同创办一家软件开发公司的诱惑也让我非常向往，我在读大学时就梦想毕业后自己创业，以便可以更充分地发挥自己的想象力和创造力……我经过一番权衡和思考，最后做出一个决定，应聘到那家求贤若渴的房地产公司工作的同时，和朋友合力开办一家自己的软件公司。可当我兴奋地将自己的这个'一举两得'的决定说给老师时，老师却一脸严肃地告诉我：'以比尔·盖茨的实力，他可以买下纽约，可以去做房地产等等，但他始终专注在自己的操作系统和软件的研发，而不被市场中别的诱惑所吸引，所以，他才走到了所有人的前面。'老师的话让我明白了，没有人可以同时将双脚抵达南极和北极，只有懂得取舍的人，才可以将梦想走得更远。最终，我只选择了其中之一……"

不是每个人都可以成为比尔·盖茨，但每个人都可以拥有和比尔·盖茨一样的智慧：重要的不是做了什么，而是不做什么。

## 心得便利贴 --------------------

专一是一种精神，专一是一种哲学，一个人不可能在每个行业里都是最优秀的，只有当你专注于某一项事业的时候，你才能取得成功。正如荀子在《劝学》里所说的：蚓无爪牙之利，筋骨之强，上食埃土，下饮黄泉，用心一也。

# 昂贵的单纯

李阳波

国王最心爱的猫爬到树上去了，国王担心它不肯下来，就苦苦地哀求它："亲爱的猫咪，请回到我身边来吧！"猫不肯下来。

骄傲的王后见状，愤怒地厉声大叫："我命令你离开那棵树，快给我滚下来！"猫还是不肯下来。

大厨师刚好做了香喷喷的蛋糕，他讨好地哀求着猫："想不想吃这只蛋糕？都给你啦！"猫有些心动，但它深吸了一口气后，还是不肯下来。

巫师平常就觉得自己法力无边，于是，他准备了一份咒语，声音忽高忽低地念着："叮当咚，咚当叮，当咚叮……"猫觉得巫师的举止很可笑，喵喵叫了两声，仍旧不肯下来。

渔夫听说国王的猫爬到树上，跑来帮忙。他拿着一条鲜鱼挥舞着，猫只是看看。它不想吃鱼。

国王有个智囊团，每个人看起来都很有学问，他们召开紧急会议讨论了许久，终于找到了问题的症结："问题在大树上，我们必须将那棵大树砍倒……"

他们将会议的讨论结果向国王报告，国王听了，觉得蛮有道理，就高兴地说："你们真是能干极了，想到这么妙的点子，如果我的爱猫真的下来了，我会大大赏赐你们。"

于是，国王派人去请来了樵夫。正当樵夫挥起斧头要往树上砍下去时，他忽然停住了，因为他听到了一个小孩的声音："国王到底在想什么啊？这样做不见得是好办法。"

国王嘀咕着："小朋友，那你说说，我应该怎么做才能让我的猫下来呢？"

小孩说："如果我是你，我会耐心地等待，我相信当它想下来的时候，它就会自己下来。"

那天夜里，国王睡到半夜，忽然觉得有东西坐在他的额上，他伸手一摸，开心地大笑，说："我心爱的猫咪真的从树上下来了！"

第二天，国王请那位小朋友来到皇宫，赏给了他很多钱。因为这个孩子教给了他一个重要的道理——尊重猫的意愿。

心得便利贴

　　尊重他人的人格，尊重他人的一切习惯与意愿，这需要一颗宽大而包容的心。每个人的行为方式都有各自的特点，我们不能够要求别人与自己保持一致，也绝对做不到这种一致。

# 人性的力量

陆文海

　　1941 年底，由于美国远东军总司令麦克阿瑟将军的判断错误与处置失当，驻菲律宾的美军受到重创——轰炸机和战斗机大部分被毁，空中防御能力丧失殆尽。加之兵力有限、装备低劣，无法抵挡敌军的进攻，所有部队被迫撤往巴丹半岛固守。

　　战争到了最艰苦的时候，残留下来的美军军心开始涣散。面对无望的战争和无果的等待，许多人情绪低落、牢骚满腹，甚至有人当了逃兵。

　　麦克阿瑟将军深知军心动摇的可怕后果，他心急如焚，一夜白发生。可是远在万里之外的盟军根本不能给他们支援，他们只能自己渡过难关。

　　一天，麦克阿瑟将军心事重重地到某部军营去视察。将军抵达军营时已是傍晚时分，罗格斯少校带着手下慌忙出来迎接。将军下了车，巡视四周，附近一片狼藉。远处有三五个士兵探头探脑地向这边张望，昔日威风八面的少校如今也是灰头土脸的模样，将军忍不住一阵心痛。他招了招手，示意少校近前来。

"你部士兵可曾军心不稳啊？"将军低声问道。

少校"啪"地立正，敬了个军礼："请将军放心！我部军纪严明，一直严阵以待，随时听候将军调遣。"

"那就好……那就好！要多沟通，及时了解士兵们的想法。"将军握着少校的手说。

就在这时，从不远处跑来一名士兵，边跑边喊："将军……将军，我有急事要向您请假！"

少校的脸"唰"地白了。他一声断喝："关键时期，任何人不准请假。"说着挥手要赶走那名士兵。

将军摆摆手，面色凝重，"你有什么急事？"

"将军，我得到消息，我远在国内的母亲因病现已生命垂危，而我是她唯一的儿子呀，我不能让母亲死不瞑目。"

将军脸色很难看，他看着少校。少校冷汗直冒："是的，这事我三天前就知道了。这假是不能答应的，要是答应了他，不知道有多少人要趁机离开呢。"

将军点点头，心里清楚这事很棘手、很敏感。他沉思了一会儿，对少校说："你迅速派人了解一下，把所有想请假离开的人召集起来。"

少校不敢怠慢，立刻让人去办。他知道，素有"铁腕将军"之称的麦克阿瑟这次肯定要采取极端手段，在众人面前杀一儆百了。

大约半小时后，校场上聚集了黑压压的一群人。少校早已命人收缴了他们的武器，以防哗变，并悄悄在附近安排好了狙击手。麦克阿瑟将军站在金色的夕阳下，掷地有声：

"在战场上，你们是军人，是部队的一分子。但你们也是人，是儿子，是丈夫，是家里的主心骨。战争固然需要大家，可少了你们，最多只能改变战争的时间和结果，而当亲人需要的时候，你们却是他们唯一的期盼与守望……今天，我答应大家，凡是有事急需回国的，我同意你们，并且会安排好大家的归程。"

校场上起先是一阵静默，随后响起了经久不息的掌声。这掌声让少校半天都没反应过来。

事情的结果更是少校万万没有想到的。原本一支颓废之师竟然因为将军的一番话变得军威大振、士气高昂。那些嚷着要回国的士兵不仅打消了念头，他们还在军中游说：一个在战争最困难的时候，仍然真心关怀士兵的将军，一定是一个仁义又充满人性的将军，跟着这样的将军，我们有希望！

人性是个看不见的东西，它的正反两面会产生截然不同的后果。将军的智慧在于他让冷酷的战争抹上了人性的光芒，这种光芒形成了一种巨大的力量，无坚不摧。

### 心得便利贴

人性是一种隐形的力量，它看不见，摸不着，但却能在关键时刻发挥作用。将军用他的智慧让将士们感受到了一种人性的力量，这种力量的光芒足以照亮暗淡残酷的战争岁月！

# 一间自己的房子

林 夕

　　英国女作家维吉妮亚·伍尔夫说过：女人要想从事写作的话，一定要有私房钱以及自己的房间。也许时代不同了，我不是因为有了私房钱和自己的房间才从事写作，相反，是写作给了我私房钱和自己的房间。也因此，我可以真诚地说，我无限热爱写作。

　　喜欢写作，是很早以前的事了，而决定写作，仅仅是在三年前，我因为业余时间写了几篇还像样的稿子而获许参加一次笔会，编辑通知我的时候，我正在酒店和朋友们吃饭，她告诉我把身份证复印件传真给她，给我办护照和机票。我这才知道，现在的笔会已经开到国外去了。那次笔会回来，我就对自己的人生来了场革命，辞职回家，专事写作。

　　写作其实很简单，只要一台电脑和一个大脑，就可以开始了。如果说和过去有区别，无非是早晨不用被闹钟吵醒，不用挤在路上，不用看老板脸色。我面对的是两个不同的墙面，可以睡到自然醒，仍赖在床上不起来，望着天花板，从记忆里打捞过去岁月积累的生活和感

受，构思好今天要写的文章框架，然后从床上爬起来。第一件事是打开音响，放一段摇滚或爵士乐，最喜欢、听的最多的是《挪威的森林》，常常忍不住跟着节拍跳，让自己兴奋起来，把感情世界的大门打开，然后一边喝咖啡，一边静思；然后打开电脑，对着屏幕敲键盘，写完后再读一遍，略做修改，一篇稿子就这样被生产出来了。

最初，我给自己制订了一张作息时间表，规定每天早晨7点钟起床，可是总也做不到。每天一睁眼就是八九点钟，就和自己生气。后来想一想也就算了。制度都是老板制订出来约束下属的，既然现在自己做老板，就不要再难为自己，而且写作是一个松散性极强的工作，不能按写字间的要求来做，所以我给自己换了一份弹性工作制，规定每天写一篇千字左右的文章，剩余时间随意，喜欢什么就做什么，阅读、聊天、泡吧，不喜欢可以什么也不做。反正对一个写作的人来说，站在窗前沉思也是工作。

工作是为了生活，但生活不是为了工作。大多数人在志趣和谋生之间，都存在很大的差别，我也一样。现在我找到了使这种差别缩到最小的方式，就是在家写作。并不是每个写作的人都和我一样，我很幸运，因为我喜欢和擅长写的既不是那种厚重深刻、阅读起来劳心费神的纯文

学，也不是那种根本不需要阅读只是随手一翻的低俗文学，而是介于二者之间、短小精致、简练直白、目前最受报刊、杂志、读者欢迎的生活美文。也因此，我每个月的稿费抵得上一个白领丽人的月薪，而又不必承受她们那样的心理压力。

一位在猎头公司工作的朋友告诉我：衡量一份工作好不好，主要有三点：第一，自己是否快乐开心；第二，自己是否成长、提升；第三，收入是否满意。这三点我都具备，所以不打算改变。写作三年多，文章遍天下，出版5本散文集，一部长篇小说，我用稿费付了房款。写作，不仅给了我自己的房间，而且还给了我一间完全属于自己的房子。有人说，有三样东西女人不能自己买，钻石、汽车和房子。我一向素面朝天，钻石不需要；在家写作，汽车也显多余，唯一需要的就是房子。我曾经有过自己的房子，但那不是真正意义上的自己的房子，现在是了。女人自己买房子的最大好处是——你不必在男人的夹缝中生存，可以在轻松与随意之中，为自己而活。

## 心得便利贴

找到一份工作很容易，拥有属于自己的快乐也很容易，但能在工作中寻找到快乐却不是那么简单的事了。当我们把工作看作是人生的一种快乐时，生活就会变得美好；当我们把工作看作是一种努力时，人生就会更精彩。

# 一列火车的不同部分

周　爽

　　站台上，等车的人们散成一列火车的长度。车来了，人们向离自己最近的车门奔去，拥挤上车。车上没有空座，过道和车厢连接处都站满了人。好不容易挤过两节车厢，人依然多，向前一望，依旧是站着的密密麻麻的人群。有的人放弃了寻找，认为整列火车都是这样的。

　　我继续向前寻找，艰难地挤过三节车厢后，站着的人群渐渐变得稀疏了。在列车的最后一节车厢，我竟然找到了一个空座！刚才走过那些拥挤的车厢，仿佛是一个梦，自己想想也觉得有些不可思议：这可是同一列火车呀！它总共也不足 20 节车厢。然而事实却是：有的车厢如此拥挤，有的却这么宽松。

　　很多人在站台上等车的位置，就决定了他上车后的一切。如果碰巧停在他面前的这节车厢有空座，他又在第一时间内上车，他就会得到一个座位，如果不巧这节车厢人很多，他又最后一个上去，那他就得不到座位。他以为别的车厢也会有这么多人，于是他放弃了寻找。于是，在同一列火车的不同部分，坐着或站着疏密不同的旅客。

　　2002 年，我辞去公职，由县城来到省城做编辑。辞职之前，我颇犹豫了一段时间。我已经做了 8 年教师，所教科目驾轻就熟，有自己的朋友和交际的圈子，生活比上不足比下有余，活得也挺滋润。而到省城是给一家杂志社打工，环境、工作都很陌生，一切都要从头做起，而且竞争激烈，随时都有可能被淘汰掉。但我还是勇敢地走了出来，因为我知道，

我这次不走，可能以后就没有机会了，我的人生可能永远都是这个样子了。现在，每当看到自己编辑的稿件在杂志上刊登出来，我就感到很满足。那是精神和物质双重意义上的满足。有的人终生生活在一个熟悉狭小的圈子里，仿佛与生俱来的宿命，快乐也好，不快乐也罢，他都没有勇气去改变。有的人恰好相反，一旦认准了目标，他就会勇敢地抛下现有的生活，一切重新开始，他的人生也因此而愈加成功。诚然，在同一列火车里，坐着和站着一样可以到达终点，但感觉、心境和沿途所见的风景能一样吗？

有时候，改变自己的生活其实是很容易的一件事，容易得只需要我们再向前走两节车厢，换一下座位，在机会来临时勇敢地迈出脚步。

**心得便利贴**

每个人都是人生列车上的一位乘客，当你对自己的环境不满意时，就要勇敢地去改变，不可安于现状，拘圈在狭小的天地里。改变生活其实很简单，机遇就在选择之间。

# 盲者的启示

陈兴云

杰克逊在乘坐地铁的途中，遇到了一个年老的盲人。

老人非常健谈，他们开始闲聊起来。老人告诉杰克逊，他是南美白人，从小就很不喜欢黑人，认为他们低人一等。在北美念书的时候，有一次他被老师指定负责筹办一次野餐会。同学中有几个黑人，他因此在请帖上写明"此次野餐会，我们保留拒绝任何人的权利"。在南美，人们都明白这句话就是"我们不欢迎黑人"的意思。收到请帖后，全班哗然。他被系主任叫去臭骂了一顿，他解释说："没办法，我骨子里就非常反感黑人，有时买东西，不得已碰到黑人店员，我会将钱放在柜台上，让黑人自己去拿，避免与黑人的手有任何接触。"

老人接着说，他在波士顿读研究生的时候，发生了一次车祸。也许是上苍的惩罚，这次车祸让他双眼完全失明。他最大的苦恼是在与人接触中，弄不清对方是不是黑人。他苦笑道："我向心理学导师谈起这个问题，他没有直接指明我是不是出现了心理障碍，而是善意地开导我。后来，我们建立了深厚的友谊。有一天，导师告诉我，他本人就是黑人，此后，我对黑人的

偏见随着导师的影响而完全消失了。对我来说，我只知道导师是好人，他学识渊博，口碑很好，至于肤色，于我已经毫无意义了。"

车快到终点站了，老人问杰克逊："先生，你是黑人吗?"杰克逊说："是的，我是黑人。"老人说："不过没关系，我不介意。我失去了视力，也失去了偏见，可以说是因祸得福，这是一件多么愉快的事啊!"

在月台上，老人的太太在等待他，两人亲切地拥抱。杰克逊发现，老人的太太竟是一位满头银发的黑人。

## 心得便利贴

　　由于自己的主观臆断和世俗环境的影响，我们往往会有偏见，看不清事物的本质。如果想要拥有快乐的人生，我们就要用心去观察世界，你会发现更多的美好。

# 老老实实做事，踏踏实实做人

陈　健

甲乙两人死后来到阴曹地府，阎王查看功过簿后，说：

"你二人前世未作大恶，准许投胎为人。但是现在只有两种人可供选择：付出的人与索取的人，也就是说，一个必须过付出、给予的生活，另一个则必须过索取、接受的生活。"

然后要他俩慎重选择。

甲暗忖，索取、接受就是坐享其成，太舒服了，于是他抢先说道：

"我要过索取、接受的生活！"

乙见此情景，也没有别的选择，就表示甘愿过付出、给予的生活。

阎王听其所愿，当下判定二人来世前途：

"甲过索取、接受的生活，下辈子当乞丐，整天向人索取，接受别人施舍。"

"乙过付出、给予的生活，来世做富翁，布施行善，帮助别人。"

从实际出发，脚踏实地，才会走下去，才会捕到"大鱼"。有个渔夫整日打鱼，以此为生。有一天，他运气不佳，

忙活了一整天，只网到了一条小鱼，而且小鱼还劝他另作决定："渔夫，你放了我吧，看我这么小，也不值钱，你要是把我放回海里，等我长成一条大鱼，到那时你再来捉我，不是更划算吗?"渔夫说："小鱼，你讲得挺有道理，但是我如果用眼前的实利去换取将来不确切的所谓'大利'，那我恐怕就太愚蠢了。"

要知道，大海可不是渔夫自家的池塘，想要什么就捞什么，所以切切实实地珍惜每一份收获是很重要的，只有脚踏实地，方能有所收获。

## 心得便利贴

上帝是公平的，没有人可以不劳而获，只有通过勤劳诚实、努力奋斗才能创造价值，过上幸福的生活。珍惜生活赐予我们的一点一滴，脚踏实地做好手头的事情，才能有所收获。

# 合作的黄金定律

林 夕

那天，和一位商界资深朋友闲谈，谈到我的一位朋友在和人打官司，我忍不住发牢骚说：商业社会人与人的关系，实际上就是合作关系。可是现在与人合作太难了。开始挺好，大家是朋友，谈友谊，谈合作，可是合作的结果，大都不欢而散，弄不好还要闹到法庭上去，从朋友变成敌人了。

这位朋友笑笑，说："我经商 10 年多了，和许多人合作过，但没有一个上法庭的，你知道这是为什么吗？"

我摇摇头。

"现在大部分人做生意是这样：先认识，然后谈友谊，谈合作，然后是利益，然后就是不满，甚至像你的朋友那样，闹上法庭，从朋友到敌人。"

"为什么会这样呢？"我问。

"我想是因为：很多人和别人洽谈时，为了尽快谈成，就把自己的所有想法、方案和对未来美好的前景都说出来，而且人为地夸大，诱使对方做出决定。等到对方抱着美好的不切实际的幻想做出决定，开始

投入合作时，会发现越来越多的问题，会感到合作并不像当初许诺得那么美好。矛盾、冲突越积越深，到最后终于爆发，一次合作就终止，从朋友变成敌人。"

我点点头，但还有些不解："那么你为什么能和别人合作、获利，再合作，再获利，反复重复下去呢？你和合作伙伴之间就没有矛盾、冲突吗？"

"凡是合作都会有矛盾和冲突，但我会事先分散、化解，而不是压制到最后爆发。"

"那你是怎么样分散、化解的呢？"

"我想这是因为我能很好地控制每次交谈的密度。我和别人洽谈合作时，第一次见面，谈话的内容只占我整个方案的3%，其他都是闲谈，与主题无关；而且，下一次谈话一定选在三天之后，给对方一定的消化时间。第二次再谈，交谈的内容增加一倍，是6%。下次再谈，再增加一倍，12%。三次之后，一般人就会动心了，他会用心思考，反复推敲，但这个时候，还不能做决定。紧接着，是第四次交谈，这一次是24%，很多人在这个时候，就已经做出决定。做还是不做，他自己心里已经非常清楚。如果这时候还不能做决定，再谈一次，这一次，密度是

145

48%。这个时候，他心里一定会做出决定。很多人这个时候，就急着签字，但我不是，还要再谈。再谈，正好相反，不是往上增，而是往下减。我会提出一些负面的问题，这些问题，并不会影响他做决定，他正在兴奋点上，会按惯性往前走。但是我说和不说对我不一样。等到他最终做出决定，并开始和我实际合作时，会发现问题，但这些问题我都事先和他讲过。所以他有准备，会接受，而不是怨我，即使这次合作最后没有赚到钱，他也不会怨我。因为我所有的想法不是一次性强加给他、而是慢慢渗透给他的，是他自己接受了才做决定。要怨，只能怨自己，当初没有认真对待我提出的问题；如果认真对待，也许就不会有今天的结果了，所以他还要感谢我呢。下一次，如果有机会，他还会和我合作。"

每一个合作，不仅会有有利的积极的一面，也一定会有有弊的消极的一面。大部分人，为了合作成功，都只说正面，对负面的东西瞒着不说，等到出现问题，就互相埋怨，结果可想而知。成功的合作，是在合作之前，把你想到的有关负面的东西告诉对方，但是，要记住：别把时间顺序搞错了。否则，没有人会和你合作。

**心得便利贴**

合作的基础是平等、互信、互利，这是一个平衡机制，一旦这一机制被打破，那么合作便不复存在了，这便是合作的黄金定律。

# 霍金：我有一颗感恩的心

高志本

想起霍金，眼前就浮现出这位杰出的科学大师那永远深邃的目光和恬静的笑容。世人推崇霍金，不仅仅因为他是智慧的化身，更因为他还是一位人生的斗士。

有一次，在学术报告结束之际，一位年轻的女记者跃上讲坛，面对这位已在轮椅里生活了三十余年的科学巨匠，除了表达深深景仰之余，又不无悲悯地问："霍金先生，卢伽雷病已将你永远固定在轮椅上，你不认为命运让你失去太多了吗？"

这个问题显然有些突兀和尖锐，报告厅内顿时鸦雀无声，一片寂静。

霍金的脸上却依然挂着恬静的微笑，他用还能活动的手指，艰难地敲击键盘，于是，随着合成器发出的标准伦敦音，宽大的投影屏上缓慢却醒目地显示出如下一段文字：

我的手指还能活动，我的大脑还能思维，我有终生追求的理想，我有我爱和爱我的亲人和朋友，对了，我还有一颗感恩的心……

掌声雷动。人们纷纷涌向台前，簇拥着这位非凡的科学家，向他表示由衷的敬意。

人们深受感动的并不是他曾经的苦难，而是他直面苦难时的坚定、乐观和勇气。人生如花开花谢、潮涨潮落，有得便有失，有苦也有乐。只有那些自以为失去的太多并总受到这个思想折磨的人，才是最不幸的。

由此，我不由得想起了"常想一二"这句人生箴言。

著名书法家于右任饱经沧桑沉浮，却一生淡泊、荣辱自安。常有友人问及他高寿的秘密，他总是指指客厅墙上高悬的那幅字画，笑而不言。

那是一幅写意的莲花图，旁边是一副对联，上联：不思八九；下联：常想一二；横批：如意。

常言道：人生不如意事十之八九。倘若心为物役，患得患失，就只会被悲观、绝望扼杀心智。人生的路途注定是如负重登山，举步维艰，常想一二就是用心感恩、庆幸、珍惜人生中那如意的十之一二，最终以豁达与坚韧去化解并超越苦难。

常想一二，因为境由心生。问题本身都不是问题，如何对待它才是最大的问题。

## 心得便利贴

境由心生，对生活悲观失望，只能抱怨不止；对生活常怀感恩之心，才能心生豁达，并以此来化解苦难，达到身心自由，从而体会到幸福的真谛。

# 我没有学会聪明

汤姆·布朗温

　　我天生笨拙，这一点在大学毕业时我的导师威尔先生早有评价，但他说我是一个勤奋的人。

　　就在大学毕业这一年，我接受威尔先生的推荐到安东律师事务所应试。这是伦敦最著名的一家律师事务所，很多日后成名的大律师都是在这家事务所接受最初的培训而走上成功之路的。这里的工作以严格、准确和讲求实效而著称。

　　临出门前，母亲很正式地告诫我要学得聪明些，不要呆头呆脑让人看做傻瓜。母亲声明这也是父亲的想法。我吻了母亲的前额，轻声说："我会做好的，请放心吧。"实际上直到我迈进事务所的大门，心里还是一片茫然：怎样做才算聪明呢？

　　来应试的人很多，他们个个看起来都很精明。我努力让自己面带微笑，用眼睛去捕捉监考人员的眼神。无疑，给他们留下机灵的印象，对我的录用会大有帮助。但这一切都毫无用处，

他们个个表情严肃，忙着把一大堆资料分发给我们，甚至不多说一句话。

发给我们的资料是很多庞杂的原始记录和相关案例及法规，监考人员要求我们在适当的时间里整理出一份尽可能详尽的案情报告，其中包括对原始记录的分析，对相关案例的有效引证，以及对相关法规的解释和运用。这是一种很枯燥的工作，需要耐心和细致。威尔先生曾经为我们详细讲解过从事这种工作所需的规则，并且指出，这种工作是一个优秀律师必须出色完成的。

我周围的人看起来都很自信，他们很快地投入到起草报告的工作中去了，我却在翻阅这些材料时陷了进去。在我看来，原始记录一片混乱，并且与某些案例和法规毫无关联，需要我首先把它们一一甄别，然后才能正式起草报告。时间在一分钟一分钟地流逝，我的工作进展得十分缓慢，我不知道要求中所说的"适当的时间"到底指一个小时还是两个小时。我发现如果让我完成报告，可能至少还需要一个紧张的晚上。可是周围已有人完成报告交卷了，他们与监考人员轻轻的交谈声几乎使我陷入绝望。越来越多的人交卷了，他们聚集在门外，等待所有的人都完成考试后听取事务所方面关于下一步考试的安排。当时我也认为安东律师事务所的考试不会只有这一项。他们一起议论考试的嗡嗡声，促使屋子里剩下的人都加快了速度，只有我，脑子里一遍又一遍地想着母亲的忠告：要学得聪明些。可我怎么才能聪明些？我干不下去了。

终于，屋子里只剩下我一个人面对着只完成了三分之一的报告发呆。一个秃顶男人走

过来，拿起我的报告看了一会儿，然后告诉我："你可以把材料拿回去继续写完它。"

我抱着一大堆材料走到那一群人中间。他们看着我，眼睛里含着嘲讽的笑意。我知道在他们看来，我是一个要把材料抱回家去完成的十足的傻瓜。

安东律师事务所的考试只有一项，这一点出乎我们的意料之外。母亲对我通宵工作没有表示过分惊讶，她可能认为我会接受她的忠告，这已经足够聪明了。我却要不断地克服沮丧情绪说服自己完成报告，并在第二天送到事务所去。

事务所里一片忙碌，秃顶男人接待了我，他自我介绍说是尼克，安东律师事务所的主持人。他仔细翻阅了我的报告，然后又询问了我的身体状况和家庭状况。这段时间里，我窘迫得不知所措，回答他的问话显得语无伦次。但在最后，他站起来向我伸出手，说："祝贺你，年轻人，你是唯一被录取的人，我们不需要聪明的提纲，我们要的是尽可能详细的报告。"

## 心得便利贴

　　自以为是的"聪明"可能会断送我们的前程，而踏实肯干的作风会迎来生活中的机会。文中那个没有学会聪明的"我"最终得到了那份工作，也许"我"的行为在别人眼里是傻瓜，但对"我"自己，却是一个问心无愧的选择。

# 敬　启

　　本书的编选参阅了一些报刊和著作，由于多种原因我们未能与部分入选文章作者（或译者）取得联系，在此深表歉意。敬请原作者（或译者）见到本书后，及时与我们联系，我们将按国家有关规定支付稿酬并赠送样书。


联系方式

联　系　人：杨老师

电　　话：18600609599

编委会